怪活倶楽部《カイカツクラブ》

永良サチ

PHP

プロローグ

おめでとうございます！
今からあなたはこの本の所有者になりました。
え？　突然《とつぜん》そんなことを言われても困《こま》る？
この分厚《ぶあつ》い本は、一体なんなのかって？
まあ、まあ、そう焦《あせ》らずに順を追って説明しましょう。
この本は宵闇《よいやみ》中学校——通称《つうしょう》、宵中《よいちゅう》に昔から伝わる本でございます。
名前は『怪異《かいい》百科事典』。１００体の怪異《かいい》が載《の》っています。
この本は人間にしか開けません。
この本を開いたら、必然的に所有権《しょゆうけん》を得ます。
この本の所有者には、怪異《かいい》が視《み》える特典付きです。

本を放棄《ほうき》するための方法はふたつ。
逃《に》げ出《だ》してしまった怪異《かいい》を100体封印《ふういん》すること。
他の人間に本を開いてもらい、所有権《しょゆうけん》を移《うつ》すこと。
ちなみに、この本には呪《のろ》いが込《こ》められています。
長く所有していると、不幸や厄災《やくさい》を引《ひ》き寄《よ》せてしまいますので、怪異《かいい》集めはお早めに。
おや、こんな本はいらない？
怖《こわ》いから、とっとと所有権《しょゆうけん》を放棄《ほうき》したいって？
わかります。皆《みな》さん、そうおっしゃるのです。
では、誰《だれ》かに譲《ゆず》るか、あるいはその辺に捨《す》ててしまいましょう！
そうしたら、なにも知らない生徒が拾って、本を開くかもしれません。
ほら、早速《さっそく》、本を見つけた生徒がいますよ。
次の所有者は、長続きするでしょうか？
え、さっきから偉《えら》そうに喋《しゃべ》っているお前は誰《だれ》なのかって？

それは――あなたの目でお確《たし》かめくださいませ。

【目次】

contents

【一話】秘《ひ》密《みつ》を言いたくなる怪《かい》異《い》

今日、大事な親友と喧嘩《けんか》をしてしまった。

「……はあ」

放課後。気まずさから真由《まゆ》を避《さ》けるようにして、誰《だれ》もいない裏庭《うらにわ》にやってきた。真由《まゆ》とは小学校から仲良しで、今まで喧嘩《けんか》なんてしたことがなかったのに……。

『ねえ、みんな聞いて！　希子《きこ》ってね、小四の時に山田《やまだ》と交換《こうかん》日記をしてたんだよ！』

私《わたし》が秘密《ひみつ》にしていたことを、突然《とつぜん》クラスメイトたちに話してしまったんだ。

たしかに山田《やまだ》くんと隣《となり》の席になったことがきっかけで交換《こうかん》日記をしていたけれど、二か月くらいでお互《たが》い面倒《めんどう》になってやめてしまった。

交換《こうかん》日記は私《わたし》にとっていい思い出になっているし、そのことは真由《まゆ》にしか教えていなかったのに、みんなに喋《しゃべ》っちゃうなんてひどいよ……。

ため息をついてしゃがみ込《こ》んだら、足元に黒い本が落ちていることに気づいた。

「かいい……ひゃっか、じてん？」

【怪異《かいい》百科事典】

本の表紙には、白字でそう書かれている。図書室の本かと思ったけれど、所蔵《しょぞう》ラベルは貼《は》られていないし、こんなに真っ黒な本は見たことがない。

怪異《かいい》ってたしか……バケモノとか妖怪《ようかい》のことだよね？

ゾクッとしながらも、私《わたし》は興味《きょうみ》本位で本を開いた。

「な、なにこれ？」

本の表紙と同じように中身も真っ黒。文字や線は白いインクで書かれているが、肝心《かんじん》の怪異《かいい》の名前が書いてあるであろうところは【？　？　？】になっている。ページの下半分は白い枠線《わくせん》で囲《かこ》まれているけれど、線で囲《かこ》まれた内側も真っ黒で、絵や図解《ずかい》はどこにも見当たらなかった。

1番目の怪異《かいい》【？？？】
解説《かいせつ》：言ったことが本当になる
2番目の怪異《かいい》【？？？】
解説《かいせつ》：人のものが欲《ほ》しくなる
3番目の怪異《かいい》【？？？】
解説《かいせつ》：怒《おこ》りっぽくなる

どのページをめくっても、短い解説文《かいせつぶん》しか書かれていない。なんだか不気味だけれど、落ちていたってことはきっと誰《だれ》かの落とし物だ。大切なものかもしれないし、職員室《しょくいんしつ》に届《とど》けようと思って立ち上がると、黒い影《かげ》が目の前を通りすぎた。その影《かげ》は左右に揺《ゆ》れながら、ゆっくり姿《すがた》を消していく。

な、なにあれ。全身が恐怖《きょうふ》で凍《こお》り付《つ》き、その場に立ちすくんでいると……。

「お前にもアレが見えたのか？」

「ひぃっ!!」

背後《はいご》から声がして、思わず叫《さけ》んで飛び上がる。そのままバランスを崩《くず》して倒《たお》れそうになったが、その人は「おいおい、大丈夫《だいじょうぶ》かよ？」と腕《うで》を掴《つか》んで支《ささ》えてくれた。

「あ、ありがとうございます。えっと……」

「俺《おれ》は三年の三ツ谷夜《みつやよる》」

「わ、私《わたし》は一年の松井希子《まついきこ》です」

先輩《せんぱい》はとても大人《おとな》っぽくて顔もカッコよかった。……宵中《よいちゅう》にこんな先輩《せんぱい》がいたなんて、知らなかった。

「呼《よ》び方《かた》、松井《まつい》と希子《きこ》どっちがいい？」

「じゃあ、松井《まつい》のほうでお願いします」

「なら、俺《おれ》は夜《よる》のほうで。それで話を戻《もど》すけど、松井《まつい》もさっきの影《かげ》が見えたんだろ？」

「は、はい。アレは一体なんですか？」

「この宵闇《よいやみ》中学校にいる怪異《かいい》だよ」

「え、アレが怪異《かいい》!?」

偶然《ぐうぜん》とは思えなくて、私《わたし》は夜先輩《よるせんぱい》に先ほど拾った本を見せた。

「こんなものを拾っちゃったんですけど……」

「怪異《かいい》百科事典？　もしかして宵中《よいちゅう》に伝わるウワサの本じゃないか？」

「ウワサの本？」

「昔から宵中《よいちゅう》は怪異《かいい》が出やすい場所として有名なんだ。それに合わせて怪活倶楽部《かいかつくらぶ》っていう部活があったくらい」

「かいかつくらぶって……同じ響《ひび》きの名前のお店が駅前にありません？」

「タイミング的には宵中《よいちゅう》のほうが先らしいけどな。三十年くらい前の怪活倶楽部《かいかつくらぶ》の部長は奇妙《きみょう》な本を持っていて、宵中《よいちゅう》に現《あらわ》れる怪異《かいい》を次々《つぎつぎ》と封印《ふういん》してたって話だよ」

「え、ということはひょっとして、この本が……」

「ああ、怪異《かいい》百科事典は、かつて怪異《かいい》を封印《ふういん》するために使われていた本だった可能性《かのうせい》が大いにある」

そ、そんなにすごい本がどうして裏庭《うらにわ》に？

「で、でもこの事典に怪異《かいい》は載《の》ってないですよ。ほら、全部ハテナマークばっかり」

「昔は『本の中』に怪異《かいい》を閉《と》じ込《こ》めていたらしいが、封印《ふういん》が解《と》けて外に逃《に》げ出《だ》したってことかもな」

「ええっ、そんなことあるんですか⁉」

「ウワサによると、封印《ふういん》の保証《ほしょう》期間は最大で三十年らしいから」

「せ、先輩《せんぱい》、詳《くわ》しいんですね」

「まあ、怪異《かいい》に会う機会も多いしな」

「つまり先輩《せんぱい》は元々《もともと》視《み》える人ってことですよね？　私《わたし》はさっきが初めてというか、今まで怪異《かいい》なんて会ったこともなかったので、まだ信じられなくて……」

「視《み》えない人間が、なにかの拍子《ひょうし》に突然《とつぜん》視《み》えるようになった――なんていう話はオカルトだと珍《めずら》しくない。その本を松井《まつい》が拾ったことで視《み》える側になったのかもしれない」

「そ、そんなの困《こま》ります。どうしたらいいですか？」

「うーん。とりあえずその本は早く手放したほうがいいかもな」

ひとりじゃ怖《こわ》いからと先輩《せんぱい》に付《つ》き添《そ》いをお願いして、私《わたし》は職員室《しょくいんしつ》へと向かった。

「……あ」

昇降口《しょうこうぐち》に着くと、シューズロッカーに真由《まゆ》の靴《くつ》が残っていることに気づく。真由《まゆ》、まだ帰ってなかったんだ……。

交換《こうかん》日記のことは、真由《まゆ》だから話した。他にも真由《まゆ》にしか教えていないことがたくさんあるし、私《わたし》だって真由《まゆ》の秘密《ひみつ》をいくつも知っている。でもそれをみんなにバラそうだなんて思ったことはないし、これからも思わない。真由《まゆ》のことが本当に大好きだからだ。

「どうした？」

「……私《わたし》、親友と初めて喧嘩《けんか》をしちゃったんです」

できれば仲直りがしたい。でも、どうしてみんなに秘密《ひみつ》をバラしちゃったのって、まだ許《ゆる》せていない自分もいる。

「その親友はまだ学校にいるのか？」

「はい。私《わたし》と同じ帰宅《きたく》部なので、いるとしたら教室だと思うんですけど」

「じゃあ、教室に行こうぜ」

「しょ、職員室《しょくいんしつ》は？」

「松井《まつい》はどっちが大事？」

「え？」

「どっちを先に解決《かいけつ》したい？」

怪異《かいい》百科事典を抱《かか》える両手がぴくりと震《ふる》える。怖《こわ》い本なんて早く手放したい。でも、それは後からでもできる。真由《まゆ》との仲直りは今がいい。それだけは先延《さきの》ばしにしちゃいけないと思った。

「もちろん親友のほうが大事です……！」

夜先輩《よるせんぱい》と一年一組の教室へと急ぐ。夕日が差《さ》し込《こ》む教室で真由《まゆ》はひとり、自分の席に座《すわ》っていた。「真由《まゆ》？」と声をかけると、その肩《かた》がビクッと跳《は》ねた。

「うう、希子《きこ》。私《わたし》、親友なのに希子《きこ》の秘密《ひみつ》を……本当にごめんねっ」

こちらを振《ふ》り返《かえ》った真由《まゆ》の目から、ぼろぼろと涙《なみだ》が零《こぼ》れる。もしかして、ずっとひとりで泣いていたのだろうか。許《ゆる》せないって思っていたけれど、目を真《ま》っ赤《か》にさせている真由《まゆ》を見たら、そんなのどうでもよくなった。

「うん、もういいよ。私《わたし》、真由《まゆ》と仲直りしたい」

「仲直りは……できない」

「な、なんで？」

「私《わたし》、変なの。口が勝手に動いて、希子《きこ》の秘密《ひみつ》を言いたくなっちゃう……」

「それって、どういう意味――」

その時、夕日を浴びて床《ゆか》に落ちていた真由《まゆ》の影《かげ》が、むくむくと膨《ふく》らんだ。教室の真ん中に突如《とつじょ》現《あらわ》れたのは、ギザギザの口が付いている風船のような生き物だ。

「ひゃあっ、な、なにこれっ」

「落ち着け、これも怪異《かいい》だ」

「どうして真由《まゆ》の影《かげ》から……」

「取《と》り憑《つ》かれていたのかもしれない。普段《ふだん》の本人からは考えられないような不可解《ふかかい》な行動をとっている場合、怪異《かいい》に操《あやつ》られている可能性《かのうせい》が高いんだ」

じゃあ、真由《まゆ》が突然《とつぜん》私《わたし》の秘密《ひみつ》を喋《しゃべ》ったのも、この怪異《かいい》が原因《げんいん》？

「希子《きこ》……どうしよう。私《わたし》、もっともっと希子《きこ》の秘密《ひみつ》を言いたくなっちゃうよ。助けて、助けて……」

真由《まゆ》は力が抜《ぬ》けたように、机《つくえ》に突《つ》っ伏《ぶ》した。

「真由《まゆ》！」

「松井《まつい》、怪異《かいい》に近づくな」

「でもっ……」

「大丈夫《だいじょうぶ》。お前には怪異《かいい》百科事典がある。それを使って怪異《かいい》を封印《ふういん》するんだ」

「わ、私《わたし》が？　そんなのどうやって……」

「怪活倶楽部《かいかつくらぶ》の部長は、その本を手にした状態《じょうたい》で、怪異《かいい》の名前を正しく呼《よ》ぶことで封印《ふういん》していた。つまりこいつの名前さえわかれば松井《まつい》にもできるはず」

名前なんて知らないし、調べる方法もわからない。でも今はそんなことを言っている場合じゃない。私《わたし》は真由《まゆ》に取《と》り憑《つ》いている怪異《かいい》を睨《にら》んだ。すると、空中に文字のようなものがゆらゆらと浮《う》かんでいることに気づく。目を凝《こ》らすと、それは半透明《はんとうめい》のアルファベットだった。

K・R・O・A・U・B

「多分、アレがこいつの名前だ」

「な、なんて読むんですか？　ケーアール？　ケーロア……」

「そのまま読むんじゃなくて、アルファベットを並《なら》び替《か》えるんだろう。怪異《かいい》は、その特性《とくせい》と名前の意味が一致《いっち》してることが多いから、秘密《ひみつ》を言いたくなるっていうところにヒントがあるかもしれない」

「秘密《ひみつ》？　シークレット？　いや、Sがない。K、R、O、A、U、Bを並《なら》び替《か》えて……」

アオはちがう。クロもちがう。ロ、バ、ク……あ！」

その時、ひとつの単語が閃《ひらめ》いた。秘密《ひみつ》を言いたくなること。それは——。

「BAKURO、この怪異《かいい》の名前はバクロ！」

そう言い放った瞬間《しゅんかん》、怪異《かいい》百科事典がひとりでに開く。すごいスピードでパラパラとめくれたかと思うと、あるページでぴたっと止まり、そのままバクロは本の中に吸《す》い込《こ》まれていった。

46番目の怪異《かいい》【バクロ】
解説《かいせつ》：大切な人の秘密《ひみつ》を言いたくなる

名前が浮《う》かび上《あ》がると、その下にはバクロの挿絵《さしえ》も加えられていた。

——数日後。私《わたし》は夜先輩《よるせんぱい》を探《さが》すために校舎《こうしゃ》を歩き回っていた。

「あ、こんなところにいたんですね！」

先輩《せんぱい》は屋上に続く人気《ひとけ》のない非常階段《ひじょうかいだん》に座《すわ》っていた。

「これ、先日のお礼です」

手渡《てわた》したのは、真由《まゆ》と一緒《いっしょ》に作ったクッキーだ。バクロを封印《ふういん》したあと、真由《まゆ》は目を覚ましたけれど、怪異《かいい》に取《と》り憑《つ》かれていた間の記憶《きおく》はなくなっていた。それだけでなく、なぜか「私《わたし》の秘密《ひみつ》を喋《しゃべ》った事実」までもが消え去り、クラスメイトたちに山田《やまだ》くんとの仲を冷やかされることはなかった。

「怪異《かいい》を封印《ふういん》すると、怪異《かいい》に会う前の時間に戻《もど》るということなんでしょうか？」

「時間が戻《もど》るんじゃなくて、怪異《かいい》によってもたらされた異常《いじょう》な状態《じょうたい》が正常《せいじょう》に戻《もど》されるんだ」

「なるほど。あ、この怪異《かいい》百科事典はどうしたらいいですか？　なんかバタバタしちゃって結局持ったままなんですけど……」

「どうするもこうするも、その本はもうお前のものだよ」

「え？」

「松井《まつい》が怪異《かいい》を視《み》えるようになったのは、その本の所有者になったからだ。それは人間じゃないと開けない本だからな」

「な、なんで先輩《せんぱい》がそんなことを知ってるんですか？」

「だって人間に拾ってもらうために、その本を捨《す》てたのは——俺《おれ》だから」

「へ？」

「最後のページを読んでみ」

１００番目の怪異《かいい》【？　？　？】
解説《かいせつ》：宵闇《よいやみ》中学校を彷徨《さまよ》う永遠《えいえん》の中学三年生

「その１００番目って、俺《おれ》のこと」

私《わたし》は目を丸くさせた。あまりに流れるように言うから「またまた〜」と、笑って先輩《せんぱい》の肩《かた》を叩《たた》く。

「からかおうとしても無駄《むだ》ですよ。だって、こうして触《さわ》れるじゃないですか。それに私《わたし》、先輩《せんぱい》の名前を知ってますし、先輩《せんぱい》が怪異《かいい》なら封印《ふういん》されちゃってますよ」

「本当の名前なんて教えるわけねーだろ」

夜先輩《よるせんぱい》は先ほど渡《わた》したクッキーをあっという間に完食して、ゆっくりと立ち上がった。

「さて、封印《ふういん》されてた三十年が終わって、ようやく自由になった。といっても俺《おれ》以外の怪《かい》異《い》を野放しにしたら、宵中《よいちゅう》の秩序《ちつじょ》が乱《みだ》れる。だから、俺《おれ》とお前で怪活倶楽部《かいかつくらぶ》でも復活《ふっかつ》させるか」

「えっと」

「とりあえず俺《おれ》が部長やるわ」

「先輩《せんぱい》、色々《いろいろ》と冗談《じょうだん》ですよね？」

おそるおそる尋《たず》ねると、夜先輩《よるせんぱい》がニヤリと笑った。

「これから俺《おれ》を封印《ふういん》できるくらいに頑張《がんば》れよ、松井《まつい》副部長」

【二話】嫌《きら》われる怪異《かいい》

ひょんなことから、怪異《かいい》百科事典を拾ってしまった。

昔から宵中《よいちゅう》に伝わっている本には、１００体の怪異《かいい》が封印《ふういん》されていた。

封印《ふういん》の保証《ほしょう》期間は三十年。それを過《す》ぎてしまうと自動的に封印《ふういん》の効力《こうりょく》がなくなり、本の中に閉《と》じ込《こ》められていた怪異《かいい》が解《と》き放《はな》たれてしまうらしい。

怪異《かいい》は普通《ふつう》の人には見えない。自称《じしょう》１００番目の怪異《かいい》である夜先輩《よるせんぱい》も、他の生徒たちには見えない存在《そんざい》なのだと、後になってわかった。

「よし、まずは掃除《そうじ》だな！」

校舎《こうしゃ》の外れにある空き教室。元祖怪活倶楽部《がんそかいかつくらぶ》があったという部屋に案内されたのはいいけれど、そこは幽霊《ゆうれい》が出るなんて言われているいわく付きの場所でもあった。

「そ、掃除《そうじ》ですか？　というか……ゲホゲホ、ここの埃《ほこり》ひどいですね」

「今では教師《きょうし》すら近づかない部屋だからな。まあ、そのおかげで色んなものが手付かずで残ってるし、こっちとしては好都合だけど」

「まさかこの部屋を部室にするつもりなんですか？」

「当たり前だろ。俺《おれ》とお前で怪活倶楽部《かいかつくらぶ》を復活《ふっかつ》させたとはいえ、やっぱり部室がねえと気分も上がらないしな。というわけで、掃除《そうじ》じゃんけん」

「えっ、ふたりで掃除《そうじ》をするんじゃ……」

「ふたりしかいないからこそ、手分けしてやったほうが色々《いろいろ》と効率《こうりつ》がいいだろ」

「掃除《そうじ》をしない人はなにをするんですか？」

「…………」

「やることがないなら手分けをする意味ないじゃないですか。それって夜先輩《よるせんぱい》がサボりたいだけでは……」

「だーっ、ごちゃごちゃうるせーな。とにかく、じゃんけんだ、じゃんけん！　負けたほうが掃除《そうじ》な」

異論《いろん》は認《みと》めないという感じで、じゃんけんをさせられた。じゃんけんが弱い私《わたし》は案の定負けてしまい、夜先輩《よるせんぱい》は掃除《そうじ》を押《お》し付《つ》けて、颯爽《さっそう》とどこかへ行ってしまった……。

そもそも私《わたし》は部活に入るなんて言ってない。誰《だれ》も使っていない部屋だとしても、勝手に出入りしたら怒《おこ》られるし、掃除《そうじ》をするなんて話も聞いていなかったから制服《せいふく》のままだ。

「……もう、本当に勝手な人」

ぶつぶつと文句《もんく》を言いながらも、私《わたし》はせっせと掃除《そうじ》を進めた。ある程度《ていど》の片付《かたづ》けが終わって、空気の入《い》れ替《か》えのために窓《まど》を開けたら……。

「ちょっと！　また同じところを間違《まちが》えてるじゃん！」

外から怒鳴《どな》り声《ごえ》が聞こえた。この部屋は校舎《こうしゃ》の一階で、窓《まど》の外は裏庭《うらにわ》へと続いている。何事かと思って、少しだけ身を乗り出して外の様子を窺《うかが》うと、楽器を持っている女子たちがいた。

「いい加減《かげん》にしてよ。これで何回目？」

怒《おこ》っているのは、同級生の三吉友華《みよしゆうか》。三吉《みよし》さんはたしか吹奏楽部《すいそうがくぶ》に入っていたはずだから、きっと一緒《いっしょ》にいる子も同じ部活のメンバーなのだろう。

「ご、ごめん。友華《ゆうか》……」

「集中してないから間違《まちが》えるんでしょ？　だいたい、明美《あけみ》は練習不足なんだよ」

「う、うん」

「他のみんなもそうだよ！　推《お》し活だ、彼氏《かれし》だって、部活以外のことに時間を使う暇《ひま》があるなら、もっと真面目《まじめ》にやりなよ‼」

三吉《みよし》さんの声は、校舎《こうしゃ》全体に響《ひび》き渡《わた》るほどだった。三吉《みよし》さんとは同じクラスじゃないから、とくに接点《せってん》はない。だけど、以前廊下《ろうか》でぶつかったことがあった。

――『わーごめん、前見てなかった！　大丈夫《だいじょうぶ》？　ケガしてない？』

私《わたし》も前を見てなかったのに、三吉《みよし》さんは真っ先に謝《あやま》ってくれた。あの時はすごく優《やさ》しい感じだったのに、今の三吉《みよし》さんはピリピリしていて雰囲気《ふんいき》が違《ちが》う。

「おー揉《も》めてんな」

「わっ、夜先輩《よるせんぱい》！　し、心臓《しんぞう》が止まりそうになるので、後ろに立つのはやめてください……」

「悪いな。怪異《かいい》なもんで気配を消すのは得意なんだよ」

怪異《かいい》。現実《げんじつ》ではありえないような不思議な出来事。主に現象《げんしょう》を指す言葉ではあるが、非《ひ》日常的存在《にちじょうてきそんざい》を一括《ひとくく》りに怪異《かいい》と呼《よ》ぶこともある。……なんて、自分なりに怪異《かいい》のことは調べたけれど、夜先輩《よるせんぱい》はどう見ても人間だし、ほっぺだって柔《やわ》らかい。

「おい、ツンツンするんじゃねーよ」

「先輩《せんぱい》って、本当にほんとーに怪異《かいい》なんですか？」

「なんだよ、まだ怪異《かいい》の存在《そんざい》を疑《うたが》ってんのか」

「怪異《かいい》はもう実際《じっさい》にこの目で見てしまったので信じてます。私《わたし》が聞きたいのは、本当に夜《よる》先輩《せんぱい》がここに載《の》っている怪異《かいい》なのかどうかってことです」

私《わたし》は怪異《かいい》百科事典を開いて、１００番目を指さした。――宵闇《よいやみ》中学校を彷徨《さまよ》う永遠《えいえん》の中学三年生。三ツ谷夜《みつやよる》という生徒は、この学校に在籍《ざいせき》していなかった。だから、先輩《せんぱい》が普通《ふつう》の人ではないことはわかっているけれど、まだどこか半信半疑《はんしんはんぎ》な自分がいた。

「正真正銘《しょうしんしょうめい》、俺《おれ》は１００番目の怪異《かいい》だよ。証拠《しょうこ》はないけど、いずれ時が来ればわかる」

私《わたし》は怪異《かいい》百科事典を見つめた。この本に封印《ふういん》されていた怪異《かいい》たちが逃《に》げてしまったことも、怪異《かいい》に取《と》り憑《つ》かれたら大変なことになるのも理解《りかい》している。だけど、やっぱり私《わたし》は……。

「この本を持っているのが怖《こわ》いです」

「本の所有権《しょゆうけん》を放棄《ほうき》できる方法ならあるぞ」

「え、放棄《ほうき》できるんですか⁉」

「ひとつ目は怪異《かいい》を１００体封印《ふういん》すること。ふたつ目は他の人間に本を開いてもらうこと。要するに所有権《しょゆうけん》を別のヤツに移《うつ》すってことだ」

「つまり誰《だれ》かに本を開いてもらえば、私《わたし》は怪異《かいい》集めをしなくてもいいということですか？」

「他の誰《だれ》かが松井《まつい》と同じように怖《こわ》い目にあってもいいならな」

「……そんな言い方はズルいです。だいたい、わざと裏庭《うらにわ》に本を落として、私《わたし》を新しい持ち主に仕立て上げたのは夜先輩《よるせんぱい》じゃないですか」

「拾ったのは自分だろ」

「そ、それは、そうですけど」

さらに詳《くわ》しい話を聞くと、どうやら怪異《かいい》百科事典は燃《も》やすことも破《やぶ》ることもできないらしい。極《きわ》め付《つ》きは、この本を持っていると不吉《ふきつ》なことばかり身の回りで起きるようになるそうだ。

「最悪じゃないですか……」

「別名、呪《のろ》いの本とも呼《よ》ばれてるくらいだしな」

「の、呪《のろ》いって具体的にどんなことが起こるんでしょうか？」

「それは所有者によって違《ちが》うだろ。呪《のろ》いを感じやすいとわりとヤバいことが起こるみたいだけど、お前は鈍感《どんかん》そうだから……まあ、ちょっとだけ体調が悪くなるくらいだよ」

「怪異《かいい》が視《み》えるようになってから、すでに体調不良気味なんですけど……。今日の朝だって牛乳《ぎゅうにゅう》を飲んだらお腹《なか》が痛《いた》くなったし、これ以上、具合が悪くなったらどうしよう……」

「それは単純《たんじゅん》に牛乳《ぎゅうにゅう》が古かっただけじゃねーの？」

「なっ……」

「そもそも怪異《かいい》が視《み》えたおかげで、お前の友達がおかしくなった理由がわかって仲直りできたんだろ。不吉《ふきつ》どころかラッキーじゃないか」

「どこがラッキーなんですか！」

前のめりで怒《おこ》るが、先輩《せんぱい》は他人事《ひとごと》のようにケラケラと笑うだけで、真剣《しんけん》に取り合ってくれない。

「まあ、あんまり気負うな。素直《すなお》に怪異《かいい》集めをしてすべてを封印《ふういん》できれば、百科事典は無事に完成するよ」

「……完成ですか？」

「ああ、そしたら自然と本を手放すことができる。俺《おれ》のことも封印《ふういん》できたらの話だけどな」

「じゃあ、夜先輩《よるせんぱい》の本当の名前を教えてください」

「また本に閉《と》じ込《こ》められるなんて、ごめんだね」

封印《ふういん》の保証《ほしょう》期間は三十年。つまり三十年前に先輩《せんぱい》は本に封印《ふういん》されて、それが解《と》けたってことだから……。え、夜先輩《よるせんぱい》って、今何歳《なんさい》？

いや、そもそも怪異《かいい》が歳《とし》を取るのかもわからないし、今の先輩《せんぱい》が本当の姿《すがた》なのかどうかも怪《あや》しい気がする。

「ねえ！　昼休みも部活の練習をするからお弁当《べんとう》は十分で食べてって言ったじゃん！　なんで約束のひとつも守れないの？」

次の日。教室で真由《まゆ》と一緒《いっしょ》にお弁当《べんとう》を食べていたら、廊下《ろうか》から大きな声が聞こえてきた。

真由《まゆ》と顔を見合わせて、こっそり様子を見に行くと、また三吉《みよし》さんが怒《おこ》っていた。

「ご、ごめん、友華《ゆうか》。でも私《わたし》、今日日直の仕事もあって……」

「明美《あけみ》はそうやって言《い》い訳《わけ》ばっかりだよね。本当は練習したくないんじゃないの？」

「ち、違《ちが》うよ！」

「遊びでやってるなら、もう部活辞《や》めれば？　フルートやりたい人は明美《あけみ》の他にもいるんだし、中途半端《ちゅうとはんぱ》な気持ちでいられると、こっちも迷惑《めいわく》だから！」

三吉《みよし》さんの剣幕《けんまく》に、廊下《ろうか》を通りかかったクラスメイトたちも引いている。ただならぬ雰囲気《ふんいき》に圧倒《あっとう》されていると、真由《まゆ》が不思議そうに首を傾《かし》げた。

「三吉《みよし》さん、どうしちゃったんだろう？　前はあんな感じじゃなかったのに」

「やっぱり真由《まゆ》もそう思う？」

「うん。前に教科書を忘《わす》れて隣《となり》のクラスに借りにいった時、三吉《みよし》さんが率先《そっせん》して貸《か》してくれたんだよ。すごく気さくで優《やさ》しいイメージがあったんだけど……」

そうだよね、と頷《うなず》きながら視線《しせん》を戻《もど》した時、廊下《ろうか》に映《うつ》っている三吉《みよし》さんの影《かげ》に違和感《いわかん》を覚えた。その影《かげ》はもくもくと広がり、気づけば巨大《きょだい》な生き物の形になっていた。

……く、く、く、くじら⁉

隣《となり》にいる真由《まゆ》には見えていないらしい。これは怪異《かいい》かもしれないと思い、急いで夜先輩《よるせんぱい》がいる部室へと向かった。上がる息を無理やり整えながら一連の経緯《けいい》を説明すると、なんと先輩《せんぱい》は三吉《みよし》さんが怪異《かいい》に取《と》り憑《つ》かれていたことに気づいていた。

「な、なんでもっと早く教えてくれないんですか？」

「怪異《かいい》は普段《ふだん》、姿《すがた》を隠《かく》している。松井《まつい》に教えたところで、相手が姿《すがた》を現《あらわ》さなきゃ封印《ふういん》はできないからな」

「封印《ふういん》するとなると、また取《と》り憑《つ》いている怪異《かいい》の名前を当てなきゃいけないんですよね？」

さっき廊下《ろうか》で見た時は一瞬《いっしゅん》だったからか、名前らしきものはなにも浮《う》かんでいなかった気がする。もう少しちゃんと見れば、わかるのだろうか……。

「あの、くじらみたいな怪異《かいい》の名前って……」

「それを暴《あば》くのが、お前の仕事だろ？」

「なにかあの怪異《かいい》について知っていることがあれば、教えてほしいんです。というか、夜《よる》先輩《せんぱい》ならあの本に載《の》っている怪異《かいい》の名前をすべて知っているんじゃないですか？　夜先輩《よるせんぱい》が本当に怪異《かいい》っていうなら……その、仲間同士ってことになりますし」

最後の言葉を言うかためらったが、緊急事態《きんきゅうじたい》なので仕方ないと腹《はら》をくくって質問《しつもん》を投げかける。先輩《せんぱい》は気にした様子もなく、あっさりと首を横に振《ふ》った。

「あいにく、怪異《かいい》同士でも名前を聞くのはマナー違反《いはん》なんだ」

先輩《せんぱい》いわく、お互《たが》いに聞かないし名乗らないという暗黙《あんもく》のルールがあるそうだ。

迎《むか》えた放課後。三吉《みよし》さんに取《と》り憑《つ》いている怪異《かいい》を封印《ふういん》するために、私《わたし》は夜先輩《よるせんぱい》と一緒《いっしょ》に吹奏楽部《すいそうがくぶ》の部室を訪《たず》ねた。しかし、そこに三吉《みよし》さんの姿《すがた》はない。活動時間になってもやってこない友達のことを探《さが》しにいったらしい。

「部活を辞《や》めたいって、どういうこと？」

三吉《みよし》さんはすぐに見つかった。彼女《かのじょ》は吹奏楽部《すいそうがくぶ》のメンバーだろう女子数人と一緒《いっしょ》にいて、昨日と同じ子に向かってまた声を荒《あら》らげていた。

「辞《や》めたいんじゃなくて、このままだと楽しく続けられないから、しばらく部活を休みたいなって……」

「部活を休んだら、他の人にパートを取られるよ」

「うん。それも自分の実力だし、しょうがないかなって思ってる」

「なにそれ。そんなことをしたら今まで頑張《がんば》ってきた意味がないじゃん！」

「…………」

「それに部活は遊びじゃないんだから、楽しくやろうとするのが間違《まちが》いなんだよ。そんな考えだから明美《あけみ》はダメ――」

「なんで……なんで友華《ゆうか》に責《せ》められなくちゃいけないの⁉」

ずっと三吉《みよし》さんに怒《おこ》られていた友達――明美《あけみ》さんが声を張《は》り上《あ》げた。我慢《がまん》の限界《げんかい》という感じで、一緒《いっしょ》にいる子たちも「最近の友華《ゆうか》、ちょっとおかしいよ」だとか「命令口調で、何様のつもりなの？」と不満を爆発《ばくはつ》させている。

「私《わたし》は友華《ゆうか》と楽しく部活がやりたいから吹奏楽部《すいそうがくぶ》に入ったんだよ。友華《ゆうか》だって、そう言ってくれてたじゃない。それなのに最近どうしちゃったの？　こんなんじゃ……私《わたし》、もう友華《ゆう》華《か》と一緒《いっしょ》にいたくないよ」

明美《あけみ》さんたちが去っていったあと、三吉《みよし》さんはひとりぽつんと中庭に立《た》ち尽《つ》くしていた。その肩《かた》が震《ふる》えている気がして声をかけると、三吉《みよし》さんの瞳《ひとみ》には涙《なみだ》が溜《た》まっていた。

「私《わたし》だって……私《わたし》だって、みんなと楽しく部活がやりたい。だけど、なぜか怒《おこ》りたくなるの。自分じゃないみたいに明美《あけみ》たちのことを責《せ》めたくなる」

「三吉《みよし》さん……」

「本当はこんなこと言いたくない。みんなのことが大好きなのに、なんで……なんでっ！」

AURMEIKJ

三吉《みよし》さんの感情《かんじょう》が昂《たかぶ》った瞬間《しゅんかん》、大きなくじらが姿《すがた》を現《あらわ》した。

「よ、夜先輩《よるせんぱい》。これって……」

「ああ、これが怪異《かいい》の実体だ。すげえな。三メートルはある」

「か、感心してる場合じゃないですよ！　こんなに大きな怪異《かいい》どうやって封印《ふういん》するんですか？」

「大丈夫《だいじょうぶ》。ほら、空中にアルファベットが出てきたぞ」

A・U・R・M・E・I・K・J

「キ……カ……あーわかりません～っ！」

「諦《あきら》めるな。怪異《かいい》はその特性《とくせい》と名前の意味が一致《いっち》してるって言っただろ？」

くじらの姿《すがた》をしている怪異《かいい》。そして、友達のことを激《はげ》しく責《せ》めていた三吉《みよし》さん。

くじら、責《せ》める……あれ？　なんだかそういう言葉があった気がする。なんだっけ。えっと、なにかを立てる……あ！

「ＭＥＫＵＪＩＲＡ。この怪異《かいい》の名前はメクジラ！」

23番目の怪異《かいい》【メクジラ】
解説《かいせつ》：友達のことを責《せ》めたくなる

名前を言い当てたことで、三吉《みよし》さんに取《と》り憑《つ》いていた怪異《かいい》は本の中に封印《ふういん》された。夜先《よるせん》輩《ぱい》と怪活倶楽部《かいかつくらぶ》の部室へと移動《いどう》すると、緊張感《きんちょうかん》から解放《かいほう》されたようで、どっと疲《つか》れが出てきた。

「無事に封印《ふういん》できたのはよかったですけど、怪異《かいい》ってあんなふうに生き物の姿《すがた》をしていたりもするんですね」

「ああ。ちなみに怪異《かいい》は人間だけじゃなくて、動物や物、ありとあらゆる物体に取《と》り憑《つ》いて悪さをするから気を付けろよ」

「ええー……」

「まあ、俺《おれ》がついてるから心配すんな」

「ありがとうございます。あれ、ありがとうございますは変ですよね。だって先輩《せんぱい》は怪異《かいい》ですし」

「労《ねぎら》いを拒否《きょひ》するなら、これはいらねーな？」

「わあ、ドーナツ！　先輩《せんぱい》が買っておいてくれたんですか？」

「今って、すげえ便利な。ポチるだけでなんでも届《とど》けてくれるなんて、三十年前じゃありえなかった」

先輩《せんぱい》の手にはスマホが握《にぎ》られていた。どうやってスマホを手に入れたのか。デリバリーの支払《しはら》いにかかるお金はどうしているのか。夜先輩《よるせんぱい》はまだまだ謎《なぞ》だらけだ。

「いくら先輩《せんぱい》が怪異《かいい》だからって、学校にドーナツを届《とど》けてもらうのは校則違反《こうそくいはん》ですよ」

「だからバレる前にさっさと食うんだよ」

「わ、私《わたし》を共犯《きょうはん》にするつもりですか？」

「嫌《いや》ならいいよ。俺《おれ》が全部食うし」

「うう、やっぱり先輩《せんぱい》はズルいです……！」

逃《に》げ出《だ》した怪異《かいい》は残り98体。私《わたし》たちの怪活《かいかつ》は明日も続く……？

【三話】夢《ゆめ》を食べる怪異《かいい》

私《わたし》には高校三年生のお姉ちゃんがいる。名前は松井璃子《まついりこ》。年齢《ねんれい》が五歳離《さいはな》れているからか、お姉ちゃんは昔から私《わたし》の面倒《めんどう》をよく見てくれた。子供《こども》が大好きなお姉ちゃんには、保育士《ほいくし》になるという素敵《すてき》な夢《ゆめ》がある。

そんなお姉ちゃんは私《わたし》の自慢《じまん》であり、保育士《ほいくし》の夢《ゆめ》が叶《かな》うように家族みんなで応援《おうえん》していたんだけど……。ある日、我《わ》が家《や》で事件《じけん》が起きた。

それは夜中に目が覚めて、トイレに行こうとした時のこと。お姉ちゃんの部屋のドアが半開きになっていた。何気なく中を覗《のぞ》くと、そこにいたのはベッドで眠《ねむ》っているお姉ちゃんに覆《おお》い被《かぶ》さっている〝なにか〟だった。

「だ、誰《だれ》っ⁉」

びっくりして声を出したら、黒い物体がこっちを向いた。暗くてよく見えないけれど、明らかに人間ではない。

「……もしかして、怪異《かいい》？」

その時、黒い物体の目が光った。あまりの眩《まぶ》しさに目を瞑《つぶ》る。しばらくして目を開くと、お姉ちゃんの上に乗っていた〝なにか〟はいなくなっていた。

「アレは絶対《ぜったい》に怪異《かいい》です。間違《まちが》いありません！」

翌日《よくじつ》の昼間、私《わたし》は夜先輩《よるせんぱい》を自宅《じたく》に招《まね》いた。正確《せいかく》には土曜日で学校が休みなので、先輩《せんぱい》を強引《ごういん》に連れてきた。

「……ったく。休みの日にわざわざ学校まで呼《よ》びにくるなよ」

「運動部がグラウンドで練習をしていて助かりました。じゃなかったら正門が開いていなかったと思うので」

さすがに校舎《こうしゃ》には入れなかったため、裏庭《うらにわ》に回って外から部室を訪《たず》ねた。閉《し》まっている窓《まど》を数回叩《たた》いたら、夜先輩《よるせんぱい》が不機嫌《ふきげん》そうに顔を出してくれたというわけだ。

「出張料金《しゅっちょう》はきっちり払《はら》ってもらうからな」

「今日は冗談《じょうだん》を言ってる場合じゃないんですよ！」

「え、俺《おれ》はいつでも真面目《まじめ》に言ってるんだけど？」

「どうして怪異《かいい》がお姉ちゃんの部屋にいたんでしょうか？　だって怪異《かいい》は宵中《よいちゅう》でだけ現《あらわ》れるんですよね？」

「普通《ふつう》に考えて、お前に憑《つ》いてきたんだろ」

「ええっ！　でも怪異《かいい》は私《わたし》じゃなくて、お姉ちゃんの上に乗ってましたよ⁉」

「お前の姉ちゃんに、なにか変わった様子は？」

「今日は朝早く出かけたみたいで、まだ顔を合わせていません……」

怪異《かいい》がなにをしようとしていたのかは、わからない。だけど、なにもしないということは絶対《ぜったい》にないと思う。

「お姉ちゃんに取《と》り憑《つ》いていたら、どうしよう……」

「そうなったら、そん時に考えればいいだろ」

「そ、そんな薄情《はくじょう》なことを言わないでくださいよ」

「とりあえず俺《おれ》は宵中《よいちゅう》に戻《もど》るわ」

「え、帰っちゃうんですか？」

「あのな、こう見えて俺《おれ》はすげえ忙《いそが》しいんだよ。また後で様子を見にきてやるから」

そう言って、夜先輩《よるせんぱい》は本当に帰ってしまった。怪異《かいい》は寝《ね》ているお姉ちゃんのことを襲《おそ》っているように見えた。ということは、また今夜うちに来るかもしれない。だけどお父さんは夜勤《やきん》で帰ってこないし、お母さんも用があって親戚《しんせき》の家に行っているから、今日の夜は姉妹ふたりで過《す》ごさなければならない。つまり、お姉ちゃんを守れるのは私《わたし》だけ。怪異《かいい》が家に入ってこないようにするためには……。

「ハッ！　し、塩だ！」

悪霊《あくりょう》は塩を嫌《きら》うと聞いたことがあったので、私《わたし》は家中のあちこちに撒《ま》いた。

それから夕方になって、お姉ちゃんが帰ってきた。今のところ怪異《かいい》が一緒《いっしょ》に入ってきた様子はない。よかった、塩が効《き》いたのかもしれない！

「お姉ちゃん、おかえり。今ね、ちょうどカレーができたところなの。お姉ちゃんが好きな辛口《からくち》にしたよ」

「私《わたし》、またすぐ出かけるからいらない」

「え、ちょ、ちょ、ちょっと！」

そう言って一度部屋に引《ひ》っ込《こ》んだかと思うと、着替《きが》えを済《す》ませて五分と経《た》たずに玄関《げんかん》に戻《もど》ってくる。そのまま家を出ていこうとするお姉ちゃんを引き止めた。

「出かけるってどこに行くの？」

「希子《きこ》には関係ないでしょ」

「関係あるよ。今日はお留守番《るすばん》の日だし、夜に出かけたりしたらお母さんに怒《おこ》られるよ」

「怒《おこ》られたって別にいいよ」

「お、お姉ちゃん、どうしたの？　いつもとなんか違《ちが》うよ？」

「いつもの私《わたし》ってなに？」

「お姉ちゃんは家族に心配かけるようなことはしなかったし……、それにほら。夜は保育《ほいく》士《し》になるための勉強の時間だって言って、いつも遅《おそ》くまで頑張《がんば》ってるでしょ？」

「ああ、あれね」

お姉ちゃんは面倒《めんどう》くさそうに髪《かみ》をかき上げると「もういらないから、全部捨《す》てなきゃ」と信じられないことを言った。

「す、捨《す》てる？」

「私《わたし》、保育士《ほいくし》を目指すのやめるから」

お姉ちゃんはそう吐《は》き捨《す》てて、家を出ていった。私《わたし》は呆然《ぼうぜん》と玄関《げんかん》に立《た》ち尽《つ》くす。

保育士《ほいくし》になるのをやめるなんて……これも怪異《かいい》のせいなの？

ううん、考えるのは後。今は追いかけなくちゃ！

「わっ……！」

急いで靴《くつ》を履《は》いて外に出ようとしたら、誰《だれ》かとぶつかった。お姉ちゃんが戻《もど》ってきたのかと慌《あわ》てて顔を上げると、そこにいたのは夜先輩《よるせんぱい》だった。

「おいおい。そんなに急いでどこ行くんだよ？」

「うう、先輩《せんぱい》〜。お姉ちゃんが、お姉ちゃんがっ……」

「わかったから、落ち着いて話せ」

私《わたし》はお姉ちゃんが向かったであろう駅の方面まで早足で歩きながら、夜先輩《よるせんぱい》に今さっき起きた出来事《できごと》を説明した。駅に着く頃《ころ》には、すっかり日が暮《く》れていた。

「もう夜先輩《よるせんぱい》、なんで止めるんですか！」

お姉ちゃんを見つけて、すぐに連《つ》れ戻《もど》そうとしたが、なぜか先輩《せんぱい》に腕《うで》を掴《つか》まれた。

「まずは怪異《かいい》が現《あらわ》れるのを待つべきだ。変に警戒《けいかい》されたら、怪異《かいい》はずっとお前の姉ちゃんに取《と》り憑《つ》いたままだぞ」

たしかにそのとおりだと、私《わたし》はなにかあってもお姉ちゃんを守れる一定の距離《きょり》で尾行《びこう》することにした。お姉ちゃんは誰《だれ》かと遊ぶわけでもなく、ふらふらとドラッグストアに入る。

「ずいぶん羽振《はぶ》りがいいんだな」

お姉ちゃんは手当たり次第《しだい》にコスメやお菓子《かし》を選んでは、値段《ねだん》も見ないでかごに入れていた。

「あのお金は……お姉ちゃんがバイトしてコツコツ貯《た》めたお金です」

お姉ちゃんは保育士《ほいくし》の資格《しかく》だけじゃなくて、幼稚園教諭《ようちえんきょうゆ》という免許《めんきょ》も取りたいと話してくれたことがある。保育士《ほいくし》として働いたあと、いつか幼稚園《ようちえん》の園長先生になりたいと言っていたお姉ちゃんは、大学進学の費用に充《あ》てるためバイトも一生懸命頑張《いっしょうけんめいがんば》っていた。

「お姉ちゃんがおかしくなったのは、絶対《ぜったい》に怪異《かいい》のせいです」

「素行《そこう》を悪くする怪異《かいい》ねえ。まあ、いないとは断言《だんげん》できないけど、もう少し様子を見ないことには……」

「……せ、ない」

「え？」

「絶《ぜ》っ対《たい》に許《ゆる》せない！」

怪異《かいい》に対する怒《いか》りが爆発《ばくはつ》して、思わず大きな声になってしまった。お姉ちゃんが何事かと振《ふ》り向《む》くのが視界《しかい》の端《はし》で見えたが、私《わたし》は夜先輩《よるせんぱい》に手を引《ひ》っ張《ぱ》られて、間一髪《かんいっぱつ》のところで商品の棚《たな》に隠《かく》れることができた。

「尾行《びこう》がバレたらどうすんだよ？」

「す、すみません、つい……あっ！」

「だから声がでかいんだって」

「お姉ちゃんがお会計をして店を出ようとしてます。次はどこに行くつもり……わわ、向かいのゲームセンターに入りました！　またお姉ちゃんの大事なお金が……。絶対《ぜったい》に怪異《かいい》の仕業《しわざ》ですよ。やっぱり許《ゆる》せない！」

そのあとも尾行《びこう》を続け、お姉ちゃんが家に戻《もど》ったのは十時過《す》ぎだった。遊び疲《つか》れたのか、お姉ちゃんはすぐに寝《ね》てしまい、私《わたし》と夜先輩《よるせんぱい》は忍《しの》び足《あし》で部屋に入った。もちろん、私《わたし》の手の中には怪異《かいい》百科事典がある。

「それで、どうする気だ？」

「怪異《かいい》は寝《ね》ているお姉ちゃんになにかをしていたんです。だからきっと今日も現《あらわ》れるはず」

「じゃあ、出てくるまで俺《おれ》も寝《ね》るわ」

「先輩《せんぱい》も怪異《かいい》なんだから寝《ね》なくても大丈夫《だいじょうぶ》でしょ」

「労働基準法違反《きじゅんほういはん》で訴《うった》えてやろうか」

「訴《うった》えたいのはこっちですよ！　夜先輩《よるせんぱい》が怪異《かいい》百科事典を私《わたし》に押《お》しつけなければ、お姉ちゃんが怪異《かいい》に憑《つ》かれることだってっ……！」

「しー、わかった、わかったってば」

そんなやり取りをしていたら、なにかが飛んできた。それは無数のシャボン玉。その中には、保育士《ほいくし》になって子供《こども》たちと遊んでいるお姉ちゃんや、幼稚園《ようちえん》の園長先生になって夢《ゆめ》を叶《かな》えている光景が映《うつ》し出《だ》されていた。

「よ、夜先輩《よるせんぱい》、見てください！」

お姉ちゃんの頭から次々《つぎつぎ》と出てくるシャボン玉。それをムシャムシャと食べている鼻の長い生き物がいた。

「おそらくあれは獏《ばく》だ」

「ば、ばく？」

「ああ。形は熊《くま》、鼻は象、目は犀《さい》、尾《お》は牛、脚《あし》は虎《とら》という元々《もともと》は中国に伝わる幻獣《げんじゅう》だよ」

「じゃあ、ばくが名前ですか？」

「いや、よく見てみろ」

怪異《かいい》の周りを漂《ただよ》うアルファベット。それは貘《ばく》ではなく、**E・Y・M・U・K・I・U**だった。

「えっと、く……め……ゆ」

「当てずっぽうに考えるな。こいつはなにを食ってる？」

「なにをってシャボン玉……ううん、違《ちが》う。食べているのは、お姉ちゃんの夢《ゆめ》？」

夢《ゆめ》を食べる怪異《かいい》。その名前は――。

「わかった！　ＹＵＭＥＫＵＩ！　この怪異《かいい》はユメクイ‼」

強い光に包まれたあと、ユメクイはそのまま怪異《かいい》百科事典に吸《す》い込《こ》まれた。

71番目の怪異《かいい》【ユメクイ】
解説《かいせつ》：夢《ゆめ》を失《な》くしてしまう

翌朝《よくあさ》。リビングに向かうと、すでにお姉ちゃんが起きていた。「おはよう」と優《やさ》しい笑《え》顔《がお》で挨拶《あいさつ》してくれたお姉ちゃんは、私《わたし》が昨日作ったカレーを朝ごはん代わりに食べていた。

「せっかく作ってくれたのに、昨日は食べられなくてごめんね」

「う、ううん！　全然大丈夫《だいじょうぶ》！」

「希子《きこ》のカレー大好きだから、おかわりしちゃうかも」

「いっぱい作ったから、いっぱい食べていいよ！」

「はは、ありがとう。なんか私《わたし》、今日はすごくお腹《なか》がすいてるんだよね。なんでだろう？」

「もしかしてユメクイに食べられ……」

「うん？」

「な、なんでもない、なんでもない！　私《わたし》もカレー食べちゃおっと！」

怪異《かいい》を封印《ふういん》したことで、お姉ちゃんは保育士《ほいくし》になるという夢《ゆめ》を取《と》り戻《もど》した。夢《ゆめ》を叶《かな》えるために勉強とバイトを頑張《がんば》っているお姉ちゃんは、やっぱり私《わたし》の自慢《じまん》の姉だ。

「あのあと、無事にいつものお姉ちゃんに戻《もど》ってくれました！」

週明けの月曜日。顛末《てんまつ》を報告《ほうこく》しようと怪活倶楽部《かいかつくらぶ》の部室を訪《たず》ねると、夜先輩《よるせんぱい》はソファの上にいた。このソファは元からここにあったもので、先輩《せんぱい》はいつも同じポジションで寝転《ねころ》んでいる。

「そういや、まだ出張《しゅっちょう》料金もらってねーな」

「そんなことより、怪異《かいい》に塩って効《き》かないんですね」

「そんなことってなんだよ」

「塩はおばけに効果《こうか》があるってよく言ったりするのに」

「お前んちの家に撒《ま》いてあったの味塩だろ」

「そうですよ、キッチンにあったやつです」

「アホなの？　味塩が怪異《かいい》に効《き》くわけねーじゃん。というか他のもんにも効果《こうか》ねーわ」

「え、塩ならなんでもいいんじゃないんですか？」

「はあ……。そりゃ怪異《かいい》もお前じゃなくて姉ちゃんに憑《つ》くわけだよな。ユメクイは舌《した》が肥《こ》えてるから、より具体的にまっすぐ夢《ゆめ》に向かって行動してる人間の夢《ゆめ》を好むらしいし」

「はいはい、どうせ私《わたし》には夢《ゆめ》がないですよ！」

「拗《す》ねんなよ」

「そう言う先輩《せんぱい》には夢《ゆめ》があるんですか？」

「億万長者」

「うわー、夢《ゆめ》がない夢《ゆめ》ですね」

「なんでだよ。夢《ゆめ》いっぱいの夢《ゆめ》だろうが」

　ユメクイに夢《ゆめ》を食べられるのは怖《こわ》いけれど、私《わたし》もいつかお姉ちゃんみたいに素敵《すてき》な夢《ゆめ》を見つけたいと思った。

【四話】

増《ふ》える怪異《かいい》

昼下がりの五時間目。担任《たんにん》であり、国語の授業《じゅぎょう》を担当《たんとう》している野崎《のざき》先生が出張《しゅっちょう》のため、教室では自習が行われていた。

先生から出された課題は、四字熟語《よじじゅくご》とその意味をできる限《かぎ》りノートに書き出すことか、発音が同じで意味が異《こと》なる言葉──同音異義語《いぎご》を調べること。どちらか好きなほうを選んでいいことになっているので、私《わたし》はタブレットを使って同音異義語《いぎご》を調べていた。

「うーん。花と鼻、箸《はし》と橋、鶴《つる》と弦《つる》……簡単《かんたん》なものしか思いつかないな」

「ね、ね、希子《きこ》。夜と寄《よ》るはどう？」

「よ、よ、夜⁉」

真由《まゆ》から言われた〝夜〟という単語に、過剰反応《かじょうはんのう》してしまった……。

怪活倶楽部《かいかつくらぶ》（非公式《ひこうしき》）に入っていることは、親友の真由《まゆ》にも話せていない。真由《まゆ》は怪異《かいい》に取《と》り憑《つ》かれたことがあるとはいえ今はなにも覚えていないし、怪異《かいい》のことで怖《こわ》がらせるのも嫌《いや》だった。

「野崎《のざき》先生、出張《しゅっちょう》とかマジでラッキー！」

自習を遊んでもいい時間だと勘違《かんちが》いしているクラスメイトたちは、授業《じゅぎょう》中にもかかわらず騒《さわ》いでいる。そんな中で、窓際《まどぎわ》に置かれた水槽《すいそう》をじっと見つめている生徒がいた。

彼《かれ》の名前は倉橋祐太《くらはしゆうた》くん。物静かな性格《せいかく》で、生き物係を任《まか》されている男の子だ。

「倉橋《くらはし》くんって、本当に生き物が好きなんだね」

あまりに熱心に見ているから、私《わたし》は自習終わりに声をかけた。

「生き物っていうより、僕《ぼく》はメダカが好きなんだ」

クラスで飼《か》っている二匹《ひき》のメダカ。ヒメダカという品種から名前を取って、みんなは『ヒイ』『メイ』と呼《よ》んでいる。

「可愛《かわい》いよね、ヒイとメイ」

「うん。でもちょっとだけ不思議なことが起きてて……」

「不思議なこと？」

「ほら、水槽《すいそう》を見てみて」

そう言われて確認《かくにん》すると、水槽《すいそう》には三匹《びき》のメダカが泳いでいた。

「え、一匹《びき》増《ふ》えてる！　もしかしてヒイとメイの赤ちゃん⁉」

「それはないよ。だってヒイとメイはオス同士だもん」

倉橋《くらはし》くんによると、増《ふ》えたメダカは生まれたばかりの稚魚《ちぎょ》ではなく成魚、大人《おとな》のメダカらしい。つまり勝手にメダカを水槽《すいそう》に入れた人がいるということになる。

「誰《だれ》かが飼《か》えなくなって、入れたのかな……？」

「うーん。それはわからないけど、ヒイとメイも今のところ落ち着いてるし、三匹目《びきめ》のメダカもこのまま飼《か》えないか野崎《のざき》先生に相談してみようと思ってる」

「仲間外れにしたら可哀想《かわいそう》だもんね。ちなみに増《ふ》えたメダカはメス？」

「背《せ》びれの根元に切《き》れ込《こ》みがあるからオスだよ」

「じゃあ、ヒイとメイがメスのメダカを取り合う心配もないね！」

倉橋《くらはし》くんと話したあと、私《わたし》は誰《だれ》にも見つからないようにこっそり怪活倶楽部《かいかつくらぶ》の部室へと向かった。部室は少しずつ物が増《ふ》えていて、いつの間にか折《お》り畳《たた》み式《しき》のテーブルも置かれている。もちろん夜先輩《よるせんぱい》は、特等席のソファの上。いつも王様みたいに足を伸《の》ばしていて、今日も先輩《せんぱい》はそこで昼寝《ひるね》ならぬ夕寝《ゆうね》をしていた。

……やっぱり夜先輩《よるせんぱい》はいつ見ても、怪異《かいい》じゃなくて人間みたい。

そんなことを思いながら、寝顔《ねがお》をじっと見ていたら……。

「金、取るぞ」

「ぎゃっ！」

「なんつー声を出してんだよ」

「きゅ、急に目を開けないでくださいよ」

「今日はずいぶん遅《おそ》かったな。ホームルームが長引いたか？」

「クラスメイトの男の子とメダカの話をしてたんです。なぜか一匹《びき》増《ふ》えていて……」

「なぜか増《ふ》えてた、ねえ」

「あ、でも問題ないですよ。野崎《のざき》先生は優《やさ》しいので、きっと三匹《びき》になってもクラスで飼《か》っていいって言ってくれるはずです！」

野崎《のざき》先生は私《わたし》たちのクラスだけじゃなくて、他のクラスからも人気がある。いつも笑顔《えがお》で明るいだけじゃなく、誰《だれ》に対しても公平で、生徒と同じ目線で話を聞いてくれる先生だ。

「野崎《のざき》のばら。一度聞いたら忘《わす》れない名前だよなー」

夜先輩《よるせんぱい》はそう言って、寝転《ねころ》んでいた体を起こした。

「え、先輩《せんぱい》って野崎《のざき》先生のことを知ってるんですか？」

「宵中《よいちゅう》の教師《きょうし》の名前くらい頭に入れてあるさ。本の中で過《す》ごしていたとはいえ、三十年もこの学校にいるんだぜ」

「……なるほど。あの、先輩《せんぱい》は宵中《よいちゅう》に彷徨《さまよ》う永遠《えいえん》の中学三年生っていう設定《せってい》ですけど」

「設定《せってい》って、お前な……」

「そもそもどうして宵中《よいちゅう》はこんなに怪異《かいい》が多いんですか？」

怪異《かいい》が出やすい場所として宵中《よいちゅう》が有名なことも、それに合わせて怪活倶楽部《かいかつくらぶ》が設立《せつりつ》されたことも、前に先輩《せんぱい》から聞いたけれど、私《わたし》はまだ詳《くわ》しいことは知らないままだ。

「宵中《よいちゅう》に怪異《かいい》が多いのは、この場所があの世からこの世への入口だからだよ」

「あ、あの世とこの世って……」

「宵中《よいちゅう》がその場所のひとつってだけで、なにも珍《めずら》しいことじゃない。そういうところは知られてないだけでけっこうあるんだよ」

「そ、そうなんですね。だから宵中《よいちゅう》には怪活倶楽部《かいかつくらぶ》があって、怪異《かいい》を封印《ふういん》できる本が伝わってきたたと……」

「いや、ちょっと違《ちが》うな。怪異《かいい》百科事典というものが元々《もともと》宵中《よいちゅう》に存在《そんざい》していて、それを知った誰《だれ》かが怪活倶楽部《かいかつくらぶ》を後から作ったと言ったほうが正しい」

「えっ、私《わたし》はてっきり部員の誰《だれ》かがこの本を作ったんだと思ってました」

じゃあ、怪異《かいい》百科事典は一体いつから存在《そんざい》していて、誰《だれ》が作ったのだろう？

「まあ、そのあたりは複雑《ふくざつ》だから、細かく理解《りかい》できてなくても構《かま》わないだろ。松井《まつい》はこれからも怪活倶楽部《かいかつくらぶ》の副部長として、ゆるーく怪異《かいい》集めをしてくれたらいいから」

「部長みたいに、ですか？」

「ほう……嫌味《いやみ》を言えるくらいこの部活に慣《な》れてくれて嬉《うれ》しいよ。お礼として勉強を教えてやる」

「わわ、そのノートはダメです！」

夜先輩《よるせんぱい》は私《わたし》が手元に置いていた自習用のノートをさっと取って立ち上がる。私《わたし》は背伸《せの》びをして止めようとしたけれど、身長差のせいで取り返すことはできず、結局、同音異義語《いぎご》を書き出したページを先輩《せんぱい》に見られてしまった。

「花と鼻って、幼稚園児《ようちえんじ》かよ」

「じゃあ、夜先輩《よるせんぱい》は同音異義語《いぎご》を言えるんですか？」

「松井《まつい》は奇怪《きかい》なものを見る機会を得た」

「おー！」

「意外な結末を迎《むか》えるとしても、怪異《かいい》百科事典の所有者は松井《まつい》以外にいない」

「おーっ‼」

「見当違《けんとうちが》いの名前を検討《けんとう》した松井《まつい》は、健闘《けんとう》むなしく怪異《かいい》に負けた」

「ちょ、縁起《えんぎ》でもないことを言わないでくださいよ！」

私《わたし》がムキになるほど、先輩《せんぱい》は嬉《うれ》しそうに笑っている。怪異《かいい》が出ない穏《おだ》やかな放課後。ずっとこんなふうに楽しい時間を過《す》ごせる部活だったらいいのにな……なんて呑気《のんき》なことを思っていたけれど、翌日《よくじつ》さっそく大変なことが起きてしまった。


「え、な、なんで……」

一組の教室は朝から大騒《おおさわ》ぎ。なぜならクラスのメダカが一夜にして三匹《びき》から三十匹《びき》になってしまったからだ。異変《いへん》に気づいたクラスメイトたちは、水槽《すいそう》の周りに集まって、あることだと盛《も》り上《あ》がっている。

「なあ、メダカって高く売れるって知ってる？」

「知らない。いくらくらい？」

「なんかペアで１００万とかで売れるメダカもいるらしい！」

「すげえっ！　じゃあ、このメダカ全部売ろうよ！」

「……やめろ!!」

そんなことを話す男子たちを一喝《いっかつ》したのは、倉橋《くらはし》くんだった。

「メダカはお金じゃなくて大切な命だ」

「たかがメダカなんだし、別に売ってもいいじゃん」

「水槽《すいそう》にも触《さわ》っちゃダメだ！　強い衝撃《しょうげき》がストレスになって、メダカが死んでしまうかもしれない」

「少しくらい死んでもこんなにいるんだから大丈夫《だいじょうぶ》だろ」

「そーだ、そーだ。クラスのメダカなんだから、倉橋《くらはし》だけ独《ひと》り占《じ》めするなんてずりーよ！」

「……っ」

――ドンッ。

倉橋《くらはし》くんは茶化《ちゃか》してきた男子のひとりを勢《いきお》いよく突《つ》き飛《と》ばした。一瞬《いっしゅん》だけ教室が静まり返ったけれど、すぐに「なにすんだよ！」とやられた男子が倉橋《くらはし》くんの肩《かた》を押《お》し返《かえ》した。

気づけば揉《も》み合《あ》いの喧嘩《けんか》になってしまい、どうしたらいいのかと狼狽《うろた》えていたら、ちょうど野崎《のざき》先生が教室に入ってきた。

「ちょっと、なにをしてるの！」

先生が止めてくれたおかげで、ひとまずその場は収《おさ》まった。それにしても、なんでまたメダカが増《ふ》えたんだろうか……。

迎《むか》えた放課後。私《わたし》はどうしても気になって、誰《だれ》もいない教室で水槽《すいそう》に近づいた。すると、動き回るメダカたちの中で、一匹《びき》だけ奇妙《きみょう》なメダカがいることに気づいた。他のメダカと違《ちが》って黒色をしているメダカは、なんと別のメダカを食べてしまった。

「え、う、嘘《うそ》でしょ？」

自分の目を疑《うたが》った。なぜなら食べたメダカのお腹《なか》からすぐに新しいメダカが生まれたからだ。生まれたばかりだというのに、成魚サイズのメダカが、さらに他のメダカを飲《の》み込《こ》む。またすぐ二匹《ひき》生まれ、二匹《ひき》のメダカがまたメダカを飲《の》み込《こ》むと、なんとメダカは八匹《ひき》に増《ふ》えた。

「ど、どういうこと……？」

茫然《ぼうぜん》としていると、教室のドアが開いた。入ってきたのは、揉《も》めた男子と一緒《いっしょ》に喧嘩《けんか》の反省文を書かされていた倉橋《くらはし》くんだった。

「ね、ねえ、倉橋《くらはし》くん。この黒いメダカって……」

「黒いメダカ？」

「うん。ほら、ここにいるでしょ？」

「黒いメダカなんていないよ？」

……倉橋《くらはし》くんには見えてない？

ということは、もしかしてこの黒いメダカは怪異《かいい》？

怪異《かいい》は人間だけじゃなくて、ありとあらゆるものに取《と》り憑《つ》いて悪さをするって前に夜先《よるせん》輩《ぱい》が言っていた。

つまりこの怪異《かいい》がメダカに取《と》り憑《つ》いて、数を増《ふ》やしているんだ！

A・B・I・B・I・A

メダカの謎《なぞ》を暴《あば》くと、水槽《すいそう》の中にアルファベットが浮《う》かんできた。

「エー、ビー、アイ？　ビー、アイ、エー……え、まさか、これって……」

私《わたし》は思いついた単語を口に出した。

「ＢＡＩＢＡＩ。この怪異《かいい》の名前はバイバイ……!!」

34番目の怪異《かいい》【バイバイ】
解説《かいせつ》：なんでも倍にして増《ふ》やす

怪異《かいい》を封印《ふういん》したことで、メダカは元の『ヒイ』と『メイ』だけになり、そばにいた倉橋《くらはし》くんたちの記憶《きおく》も消えていた――。

「見てください！　私《わたし》、やりましたよ！」

私《わたし》は怪異《かいい》百科事典を見開きにして、夜先輩《よるせんぱい》に報告《ほうこく》しにいった。得意気な私《わたし》とは反対に、どうやら夜先輩《よるせんぱい》はメダカに怪異《かいい》が取《と》り憑《つ》いていたことを知っていたようだ。

「生き物は繁殖《はんしょく》以外の理由で増《ふ》えることはねーからな」

言われてみればそのとおりだけど、目の前で不思議な現象《げんしょう》が起きればパニックにもなるし、あらかじめヒントくらい出してくれてもいいのに。あのまま倍倍に増《ふ》えていっていたら、地球上がメダカで覆《おお》いつくされていたかもしれないわけだし。そこまで考えて、ふと気づく。

「なんでも倍に増《ふ》えるということは、仮《かり》に今回の怪異《かいい》がお金に取《と》り憑《つ》いたらどうなるんでしょう……？」

「お前……けっこう頭いーな！　そういうことは封印《ふういん》する前に言えよ」

「え、なに考えてるんですか、絶対《ぜったい》にダメですよ！　お金を増《ふ》やすのは犯罪《はんざい》ですし、これはあくまで例えですからね！」

「そんなに慌《あわ》てなくても、すぐにはやらないさ。封印《ふういん》した怪異《かいい》は原則《げんそく》出てこれないからな。金を増《ふ》やせるとしたら、封印《ふういん》の保証《ほしょう》期間が終わる三十年後だ」

このままだと、本気で三十年後に実行しそうで不安になるが、夜先輩《よるせんぱい》はというと「まずは残りの怪異《かいい》をさっさと封印《ふういん》してくれ、副部長」なんて、飄々《ひょうひょう》と言うだけだ。こんな危険《きけん》な本は一刻《いっこく》も早く手放したいし、私《わたし》としてもさっさと完成させたいけれど……。

「もしも無事に怪異《かいい》百科事典が完成したとして、そのあとこの本はどこに保管《ほかん》しておくんですか？」

「今際《いまわ》の国《くに》」

「いまわ？　聞いたことがない場所ですが、どこにあるんですか？」

「現世《げんせ》と常世《とこよ》の狭間《はざま》。昨日教えたあの世とこの世の真ん中だよ」

先輩《せんぱい》の言葉に、思わずゴクリと息を呑《の》んだ。あの世とこの世の真ん中って、どんなところなんだろう。すごく気になる……って、ん？

「夜先輩《よるせんぱい》、これはなんですか？」

甘《あま》い匂《にお》いを辿《たど》った先には、美味《おい》しそうなたい焼きがあった。

「まさかまたデリバリーで頼《たの》んだんですか？　というか、私《わたし》が怪異《かいい》と戦っている時にそんな呑気《のんき》なことを……」

「ち、違《ちが》う違《ちが》う！　今回は手伝わなくても松井《まつい》ひとりでできると思ってたし、これは怪異《かいい》封印《ふういん》のご褒美《ほうび》として用意しておいたんだって！」

「半分かじってあるたい焼きがご褒美《ほうび》ですか？」

「毒味《どくみ》だよ、優《やさ》しいだろ」

「売買されそうになったバイバイを封印《ふういん》してもう疲《つか》れたので帰ります。お憑《つ》かれさまでした！」

「同音異義語《いぎご》、すげーうまくなってんじゃん……」

五話　雪を降《ふ》らせる怪異《かいい》

今日は宵中《よいちゅう》の球技《きゅうぎ》大会の日。広いグラウンドを使って、サッカーをやる予定になっていて、私《わたし》はいつもより早く起きて学校に向かった。しかし、学校に着いてびっくり。なんとグラウンドが真っ白に染《そ》まっていた。

「こ、これは……雪⁉」

その光景を見て、他の生徒たちも呆気《あっけ》に取られている。今は五月で間違《まちが》っても雪が降《ふ》る季節じゃないし、それに……。空を見上げると、宵中《よいちゅう》の校舎《こうしゃ》の上にだけ不自然に浮《う》かんでいる雪雲があった。家はもちろん、通学路にもいっさい雪はなかったし、正門から外は嘘《うそ》みたいに晴れている。それなのになぜか、宵中《よいちゅう》にだけ雪が降《ふ》り続けていた。

「なあ、カイロ持ってない？」

気づくと隣《となり》に、肩《かた》をすくめている夜先輩《よるせんぱい》がいた。私《わたし》は独《ひと》り言《ごと》をしゃべっていると思われないように、小声で返事をする。

「先輩《せんぱい》は怪異《かいい》なんだから、寒さなんて感じないでしょう？」

「人間だって暑さや寒さが得意なやつと不得意なやつがいるだろ。それと同じで怪異《かいい》にも色んなタイプがいるんだよ」

「……そうですか。だけど、残念ながらカイロは持ってないです。というか、これって絶《ぜっ》対《たい》に怪異《かいい》の仕業《しわざ》ですよね？」

「多分な」

「雪女とかですかね？」

「雪男かもしれねーぞ」

「とにかく怪異《かいい》を見つけて、早くなんとかしないと……」

だけど、球技《きゅうぎ》大会は予定どおり開催《かいさい》されることになった。グラウンドが使えないため、サッカーは急遽《きゅうきょ》体育館で行われることになり、私《わたし》もジャージに着替《きが》えて移動《いどう》した。

試合はクラス別のトーナメント方式で、負けたら即敗退《そくはいたい》。中学に入学して初めての行事だし、優勝《ゆうしょう》はできなくてもいいところまでいけたらいいな……なんて思っていたけれど、一年一組はあっさりと一回戦で負けてしまった。そうなると、あとは応援《おうえん》しかやることがなく、手持《ても》ち無沙汰《ぶさた》になったクラスメイトたちは次々《つぎつぎ》と体育館を離《はな》れ、いつの間にかグラウンドで雪合戦が始まっていた。

「うりゃーーっ！」

「わっ、ちょっと顔はなしでしょ！」

埼玉《さいたま》の南のほうにある宵中《よいちゅう》は、滅多《めった》に雪が降《ふ》らないので、みんな楽しそうに遊んでいる。

制服《せいふく》に着替《きが》え終えた私《わたし》も、雪合戦をしている真由《まゆ》たちのもとに向かう。その途中《とちゅう》、グラウンドの隅《すみ》にある段差《だんさ》に座《すわ》っている夜先輩《よるせんぱい》が見えた。

「先輩《せんぱい》も一緒《いっしょ》に交ざりましょうよ」

「俺《おれ》がどうやって交ざるんだよ」

先輩《せんぱい》が他の人には見えないことはわかっている。だけど、それはつまり誰《だれ》とも遊べないということだ。

……先輩《せんぱい》は、それを寂《さび》しく思ったりすることはあるんだろうか？　怪異《かいい》はお互《たが》いの名前を名乗らないというルールがあるらしいし、そもそも誰《だれ》かと遊ぶということ自体しないのかもしれない。

「ほら、さっさとみんなのところに行ってこいよ」

先輩《せんぱい》から背中《せなか》を押《お》された瞬間《しゅんかん》、私《わたし》は〝あるもの〟を見つけた。それは、可愛《かわい》らしい雪だるまだった。

「わあ、誰《だれ》が作ったんだろう？」

手を伸《の》ばして触《さわ》ろうとしたら、雪だるまが動いた。跳《は》ねるように移動《いどう》している雪だるまは、地面の雪をくっつけて、どんどん大きくなっていく。

「よ、夜先輩《よるせんぱい》、あの雪だるまって……」

「ああ。この雪を降《ふ》らせている怪異《かいい》で間違《まちが》いない」

「ですよね！　どうしましょう？」

「早く封印《ふういん》しないと、体がでかくなっていくだけじゃ済《す》まないぞ」

「え、それってどういう意味——」

「きゃああっ……!!」

突然《とつぜん》、クラスメイトの叫《さけ》び声《ごえ》がした。気づけば、グラウンドで遊んでいたみんなの体が半分以上、雪に埋《う》まっている。もがけばもがくほど深くなっていく雪は、アリ地獄《じごく》ならぬ雪地獄《じごく》のようだった。

「こ、このままだと、みんなが雪に飲《の》み込《こ》まれちゃう……！」

「俺《おれ》が時間稼《かせ》ぎをするから、その間に怪異《かいい》の名前を言い当てるんだ」

足元にある雪をまとめ始めた先輩《せんぱい》は、怪異《かいい》に向かって次々《つぎつぎ》と雪玉を投げつけた。怒《おこ》った怪異《かいい》の色が白から赤に変わると、その周りにアルファベットが出現《しゅつげん》した。

Y・O・K・U・I・Y・K・O・N・K・A

「ちょ、ちょっと待ってください。なんかアルファベットが多いですっ！」

「落ち着いて考えれば大丈夫《だいじょうぶ》だ」

「そ、そんなことを言われても……」

よ、く、こ、ううん。雪の怪異《かいい》だから絶対《ぜったい》に雪が名前に付くはず。

「ゆき、ゆき、や……ゆきや?」

私《わたし》はふと、あることを思い出した。それは小さい頃《ころ》、冬になるとよくおばあちゃんと歌っていた童謡《どうよう》だ。

――『ねえ、おばあちゃん。〝こんこ〟ってどういう意味?』

『〝こんこ〟は〝来《こ》ん来《こ》ん〟。つまりこの曲は、雪よもっと降《ふ》れ降《ふ》れっていう歌なんだよ』

「そっか、わかった! この怪異《かいい》はYUKIYAKONKO。名前はユキヤコンコ!」

88番目の怪異《かいい》【ユキヤコンコ】
解説《かいせつ》:大雪を降《ふ》らせる

パンッ!!　と雪の結晶《けっしょう》が舞《ま》うと、ユキヤコンコは怪異《かいい》百科事典の中へと吸《す》い込《こ》まれていった。


球技《きゅうぎ》大会が終わった放課後。私《わたし》は怪活倶楽部《かいかつくらぶ》の部室にいた。雪が降《ふ》っていたことが夢《ゆめ》だったみたいに部室には柔《やわ》らかな日差しが差《さ》し込《こ》み、暖《あたた》かな空気が満ちている。夜先輩《よるせんぱい》はソファの上で猫《ねこ》みたいに日向《ひなた》ぼっこをしていた。

「ねえ、先輩《せんぱい》も打ち上げに行きましょうよ」

「だから、俺《おれ》は交ざれないって言ってるだろ。だいたい、一回戦で負けたのに打ち上げなんてやる意味あんのかよ」

「勝負ごとに打ち上げはつきものだからいいんですよ」

野崎《のざき》先生も一緒《いっしょ》に、一組全員が駅前のファミレスに集まって、みんなでごはんを食べる予定になっている。

「本当に行かなくていいんですか？　私《わたし》だけ行っちゃいますよ」

「しつこいぞ」

夜先輩《よるせんぱい》は寝転《ねころ》んだまましっしと片手《かたて》を振《ふ》って、目を閉《と》じてしまった。なんとしても行かないらしい。仕方なくひとりで帰《かえ》り支度《じたく》を済《す》ませて、扉《とびら》に触《ふ》れる。それから顔だけを先輩《せんぱい》のほうに向けて声をかけた。

「夜先輩《よるせんぱい》。次、雪が降《ふ》ったら、私《わたし》と雪合戦しましょうね」

本人が寂《さび》しさを感じていなくても、みんなが遊んでいる姿《すがた》を遠巻《とおま》きに見つめている先輩《せんぱい》に気づいた私《わたし》の心はちょっぴり寂《さび》しかった。今だって、誰《だれ》もいない部室に夜先輩《よるせんぱい》ひとりを置いていくことにためらいがある。

前はそんなふうに思わなかったのに、どうしてだろう？

「俺《おれ》、松井《まつい》に勝つ自信しかねーわ」

「そ、そんなの、やってみなきゃわからないじゃないですか」

「まあ、どっちが勝ってもいいか。勝負すれば、そのあと打ち上げができるしな」

六話

恋《こい》する怪《かい》異《い》

「ねえ、松井《まつい》ちゃんって彼氏《かれし》いる？」

「へ？」

授業《じゅぎょう》終わりの休み時間。真由《まゆ》以外の友達も少しずつでき始めて、クラスの女子たちと楽しく雑談《ざつだん》していると、突然《とつぜん》そんなことを聞かれた。

「い、いないよ。いるわけない！　みんなは彼氏《かれし》いるの？」

「うちはいるよ。もうすぐ三か月記念日なんだ」

「私《わたし》はいないけど、両思いっぽい人はいるかな」

「あたしは別れたばっかりだから、今は募集《ぼしゅう》中って感じ！」

す、すごい。みんな大人《おとな》だ……。周りの恋愛《れんあい》トークに驚《おどろ》いていたら、制服《せいふく》のポケットに入っているスマホが震《ふる》えた。

【今日の部活は外でやるから、中庭に集合な】

メッセージは、夜先輩《よるせんぱい》からだった。お姉ちゃんが怪異《かいい》に取《と》り憑《つ》かれた時、先輩《せんぱい》のことを学校まで呼《よ》びに行ったことがあったから、念のためにと連絡先《れんらく》を交換《こうかん》していた。

迎《むか》えた放課後。私《わたし》は中庭に行くために昇降口《しょうこうぐち》へと向かった。靴《くつ》を履《は》き替《か》えるためにシューズロッカーを開けると、そこに一枚《いちまい》の手紙が入っていた。……これ、なんだろう？


「好きです。僕《ぼく》と付き合ってください！」


私《わたし》の思考は一瞬《いっしゅん》にして止まった。まるで餌《えさ》を欲《ほ》しがる魚みたいに開いた口が塞《ふさ》がらない。

ロッカーに入っていたのは、いわゆるラブレターだった。

「夜先輩《よるせんぱい》、大変なことが起きました……」

私《わたし》はその手紙を持って、夜先輩《よるせんぱい》のもとに急いだ。

「シューズロッカーに手紙？　可哀想《かわいそう》に、誰《だれ》かが罰《ばつ》ゲームで入れさせられたんだろ」

「ち、違《ちが》いますよ。これは正真正銘《しょうめい》のラブレターです」

「じゃあ、見せて」

「ダ、ダメですよ。こういうものは人に見せるものじゃない……あっ！」

手紙は簡単《かんたん》に取られてしまい、そのまま中身を確認《かくにん》されてしまった。

「なんだよ、松井宛《まついあ》てじゃねーじゃん」

水嶋《みずしま》　七美《ななみ》さん

好きです。僕《ぼく》と付き合ってください！

岩崎《いわさき》　辰也《たつや》

先輩《せんぱい》はつまらないというような顔で、手紙を返してきた。

ラブレターはたしかに私《わたし》のシューズロッカーに入っていたけれど、告白は別の女子に向けたものだった。水嶋《みずしま》さんは同じクラスメイトで、シューズロッカーは隣《となり》同士。つまり差出人《だしにん》の岩崎《いわさき》くんは、手紙を入れるロッカーを間違《まちが》えてしまったのだろう。

「大切な手紙なのに、読んでしまいました……」

「間違《まちが》えた岩崎《いわさき》ってやつが悪いだろ。岩崎《いわさき》も同じクラス？」

「いえ、岩崎《いわさき》くんは別のクラスです。面識《めんしき》はないですけど、サッカー部に入っているってことくらいは知ってます」

「なら、手紙を返しにいこうぜ。サッカー部ならグラウンドの周りで走《はし》り込《こ》みしてたし」

「ちょ、直接《ちょくせつ》返すんですか？　普通《ふつう》に気まずいので、このまま水嶋《みずしま》さんのシューズロッカーに入れ直しておけば……」

「水嶋七美《みずしまななみ》の靴《くつ》はあったか？」

「いえ。水嶋《みずしま》さんは帰宅《きたく》部なので、おそらくもう帰っていると思います」

「なら、手紙を入れ直すのはやめとけ」

「ど、どうしてですか？」

「水嶋《みずしま》が手紙に気づくのは明日の朝だろ。人が多い登校時間帯で水嶋《みずしま》が手紙を開くことを想像《そうぞう》してみろよ。一緒《いっしょ》に登校した友達とか、近くにいるやつが騒《さわ》ぎ立《た》てたりしたら岩崎《いわさき》も、水嶋《みずしま》も可哀想《かわいそう》だろうが」

夜先輩《よるせんぱい》の言うとおりだ。岩崎《いわさき》くんはなるべく人目につかない放課後、水嶋《みずしま》さんが帰宅《きたく》してしまう前に急いで手紙を入れたのだとしたら……。私《わたし》のシューズロッカーと間違《まちが》えても不思議じゃない。それなのに今の段階《だんかい》で手紙が水嶋《みずしま》さんに届《とど》いていないことを知らず、ましてや、翌朝《よくあさ》になって誰《だれ》かが岩崎《いわさき》くんを冷やかすようなことになったら大変だ。

私《わたし》はサッカー部の休憩《きゅうけい》時間を待ち、岩崎《いわさき》くんがひとりになったタイミングを見計らって声をかけた。

「本当に？　はずっ……」

シューズロッカーに間違《まちが》って手紙が入っていたことを伝えると、岩崎《いわさき》くんはわかりやすく赤面した。

「で、でも私《わたし》、誰《だれ》にも言わないし、手紙も見なかったことにするから安心して！」

「本当にごめん。僕《ぼく》、誰《だれ》かを好きになるのも告白するのも初めてだから、色々《いろいろ》とテンパっちゃって……」

「水嶋《みずしま》さんとうまくいくといいね」

「うん、ありがとう」

岩崎《いわさき》くんに手紙を返そうとした——次の瞬間《しゅんかん》。突然《とつぜん》、黒いガラスの破片《はへん》のようなものが飛んできて、岩崎《いわさき》くんの体の中に入ってしまった。

え、今のって……。

「い、岩崎《いわさき》くん、大丈夫《だいじょうぶ》……？」

すると、岩崎《いわさき》くんはなぜか私《わたし》の顔をじっと見てきた。その射《い》るような眼差《まなざ》しに戸惑《とまど》っていると、勢《いきお》いよく手を握《にぎ》られた。

「松井《まつい》さん、好きだ」

「え？」

「僕《ぼく》と付き合ってください!!」

「……ええっ!?」

私《わたし》はそのあと、夜先輩《よるせんぱい》と部室で緊急《きんきゅう》会議を開いた。ちなみに岩崎《いわさき》くんは休憩《きゅうけい》時間が終わり、顧問《こもん》の先生によって半ば強引《ごういん》にグラウンドへと連《つ》れ戻《もど》されていた。

「夜先輩《よるせんぱい》、またまた大変なことが起きました……」

「見てたよ。怪異《かいい》の影響《えいきょう》だろ」

間髪《かんはつ》を容《い》れずにそう言われて、少しだけムッとした。怪異《かいい》の仕業《しわざ》であることは自分でもわかっているけれど、もうちょっとリアクションがあってもいいというか。怪異《かいい》の影響《えいきょう》なく告白されるわけがないと決めつけられていることが悲しいというか……。

「なにひとりでむくれてんだよ？」

「別になんでもないです」

「岩崎《いわさき》の体に入ったあの黒い破片《はへん》が怪異《かいい》だろう。今朝《けさ》からなにかがうろちょろしてる気配はしてたんだ」

「それで、今日の部活は外でやろうって言ったんですか？」

「ああ。悪さをする前に、封印《ふういん》しにいかせようと思ってたけど、間に合わなかったな」

これからどうするべきか相談していたら、部室の扉《とびら》が勢《いきお》いよく開いた。

「松井《まつい》さん、こんなところにいたんだね！」

「い、岩崎《いわさき》くん、今練習中じゃ……」

「胸《むね》が痛《いた》くて早退《そうたい》した」

「む、胸《むね》？　じゃあ、保健《ほけん》室に行ったほうがいいよ！」

「いや、きっとこれは松井《まつい》さんへの恋《こい》の病だと思う」

「こ、恋《こい》の病⁉」

岩崎《いわさき》くんから熱烈《ねつれつ》な視線《しせん》を送られて、思わず夜先輩《よるせんぱい》を盾《たて》にして身を隠《かく》してしまった。

「せ、先輩《せんぱい》、どうにかしてください」

「バカ、押《お》すなっての」

「松井《まつい》さん、その男は誰《だれ》？」

「へ？」

「まさかそいつと付き合ってるわけじゃないよね？」

夜先輩《よるせんぱい》の姿《すがた》は私《わたし》以外には見えないはずなのに、岩崎《いわさき》くんは認識《にんしき》しているようだった。

「な、なんで先輩《せんぱい》の姿《すがた》が岩崎《いわさき》くんに視《み》えるんでしょうか……」

「怪異《かいい》に取《と》り憑《つ》かれた人間は、一時的に〝視《み》える人〟になるからだよ」

「そ、そんなの今まで聞いてませんよ」

「だって聞かれてねーし」

「ねえ、松井《まつい》さん。なんでその男と仲良くするの？　僕《ぼく》はこんなにもきみのことが好きなのに」

さっきまで好青年っぽい雰囲気《ふんいき》だった岩崎《いわさき》くんが、怪異《かいい》の影響《えいきょう》で情緒《じょうちょ》不安定になっている……。

「松井《まつい》さんに彼氏《かれし》がいないなら、僕《ぼく》と付き合ってほしい」

「か、か、彼氏《かれし》ならいます！」

「誰《だれ》？」

「こ、この人です！」

今の状況《じょうきょう》をなんとかするために、私《わたし》は夜先輩《よるせんぱい》の腕《うで》を掴《つか》んだ。

「おいおい、俺《おれ》を巻《ま》き込《こ》むなよ」

「だ、だって……」

「僕《ぼく》のほうがそんなやつより松井《まつい》さんを幸せにする自信がある。だから今すぐ別れて」

「別れてだってよ、松井《まつい》」

「よ、夜先輩《よるせんぱい》はどっちの味方なんですか？」

「ほら、その男は全然松井《まつい》さんに興味《きょうみ》がなさそうに見える」

「先輩《せんぱい》、私《わたし》に興味《きょうみ》ありますよね？　ねっ⁉」

「圧《あつ》がすごいんだけど……」

「普段《ふだん》から私《わたし》のことを散々《さんざん》巻《ま》き込《こ》んでるんだから、今だけ彼氏《かれし》のふりくらいしてくれてもいいじゃないですか！」

「彼氏《かれし》のふり？　なんだ、やっぱりふたりは付き合ってないじゃないか」

その場しのぎの嘘《うそ》がバレてしまい、岩崎《いわさき》くんは一気に距離《きょり》を詰《つ》めてきた。

「僕《ぼく》は本当に松井《まつい》さんのことが好きなんだ！」

――『僕《ぼく》、誰《だれ》かを好きになるのも告白するのも初めてだから、色々《いろいろ》とテンパっちゃって……』

違《ちが》う。岩崎《いわさき》くんが好きなのは私《わたし》じゃない。返しそびれてポケットに入ったままになっていたラブレターを、私《わたし》は岩崎《いわさき》くんに向かって広げた。

「自分の本当の気持ちを思い出して！」

ドキドキしながら手紙を書いたこと。緊張《きんちょう》しながらシューズロッカーに手紙を入れたこと。その気持ちだけは、絶対《ぜったい》に忘《わす》れてはいけないものだ。

「う、う……僕《ぼく》は、僕《ぼく》の好きな人は……」

岩崎《いわさき》くんが頭を抱《かか》えて苦しみ始めると、彼《かれ》の体からいくつもの破片《はへん》が出てきた。それらは磁石《じしゃく》のように合わさり、気づけばヒビ割《わ》れのハートが完成していた。

「こ、これが岩崎《いわさき》くんに取《と》り憑《つ》いた怪異《かいい》の正体……」

I・S・R・I・K・O・U・M

空中に浮《う》かび上《あ》がったアルファベットを見て、すぐにピンときた。

「夜先輩《よるせんぱい》。この怪異《かいい》って、絶対《ぜったい》に恋《こい》がつく名前ですよね？」

岩崎《いわさき》くんからの告白、そしてハート型《がた》の怪異《かいい》。アルファベットの中にも、ＫＯＩが入っているから間違《まちが》いないはず。

「いや、そうとも限《かぎ》らないんじゃねーか？」

「どういうことですか？」

「まず、なんで岩崎《いわさき》は松井《まつい》のことが好きになったんだ？」

「それは怪異《かいい》に取《と》り憑《つ》かれた時、私《わたし》が目の前にいたから……」

「そういえば、特定の動物でもいるよな。生まれて最初に見たものを親だと勘違《かんちが》いするってやつ」

「ああ、たしかに。それなんでしたっけ。思《おも》い込《こ》みじゃなくて、すり、すり……あ！」

その単語とアルファベットが合致《がっち》した。

「ＳＵＲＩＫＯＭＩ。この怪異《かいい》の名前はスリコミ！」

51番目の怪異《かいい》【スリコミ】
解説《かいせつ》：最初に見た人のことを好きになってしまう

本当の気持ちを思い出した岩崎《いわさき》くんは、翌日《よくじつ》水嶋《みずしま》さんにラブレターを直接渡《ちょくせつわた》したらしい。

その結果は……。

「水嶋《みずしま》さん、他校に彼氏《かれし》がいたみたいで岩崎《いわさき》くんはフラれてしまったそうですよ」

「松井《まつい》のことを好きだって勘違《かんちが》いしたままのほうがよかったんじゃねーの？」

「ダメですよ。そんなの本当の恋《こい》じゃないですから！」

「へえ。恋《こい》がなにか知ってんだ」

「そ、そりゃ、私《わたし》だって恋《こい》のひとつやふたつ。夜先輩《よるせんぱい》はどうなんですか？」

「お、また怪異《かいい》の気配だ。俺《おれ》らだけじゃ手がまわんねーから部員の募集《ぼしゅう》でもかけるか」

「ちょっと、はぐらかさないで教えてくださいよ！」

七話 暇《ひま》な怪異《かいい》

一段《いちだん》と騒《さわ》がしい朝の教室。クラスメイトたちがこぞって集まっているのは、岡田勇樹《おかだゆうき》くんという男子生徒の机《つくえ》だ。

「昨日のテレビ見たぞ！」

「これで一気に有名になっちゃうんじゃない？」

「芸能人《げいのうじん》が来たらすぐ教えろよな！」

どうして岡田《おかだ》くんの周りに人が群がっているかというと、彼《かれ》のお父さんが経営《けいえい》しているラーメン屋がテレビに取り上げられたからだ。

「今日は朝から店の前に行列ができててさ～。学校休んで手伝うって父ちゃんに言ったんだけど、お前の仕事は勉強だって断《ことわ》られちゃって！」

大人《おとな》になったら家を継《つ》ぐと宣言《せんげん》している岡田《おかだ》くんは、店が取材されてとても誇《ほこ》らしげだ。

鼻高々《はなたかだか》の彼《かれ》を見て、対抗心《たいこうしん》を燃《も》やしているひとりの生徒がいた。

「ちぇっ、勇樹《ゆうき》んちだけズリーよな！」

それはクラスメイトの鷹野慎吾《たかのしんご》くん。岡田《おかだ》くんと鷹野《たかの》くんは幼稚園《ようちえん》からの幼《おさな》なじみで、周りから〝岡鷹《おかたか》コンビ〟と呼《よ》ばれている。

「慎吾《しんご》んちだって、この前ラーメン雑誌《ざっし》に載《の》ってただろ？」

「そーだけど、うちだってテレビの取材とか受けてーし！」

「父ちゃんがプロデューサー？　みたいな人から名刺《めいし》を貰《もら》ってたから、慎吾《しんご》んちのラーメンも最高だって教えておくように言っとくよ！」

「本当かっ!?」

偶然《ぐうぜん》にも鷹野《たかの》くんの家も岡田《おかだ》くんと同じラーメン屋。岡田《おかだ》くんの家がこってりスープを売りにしているのに対して、鷹野《たかの》くんの家はあっさりスープで勝負している。そんなふたりは親友であり、良きライバルでもあった。

「先輩《せんぱい》、見てください！　岡田《おかだ》くんからいいものを貰《もら》っちゃいました！」

放課後。怪活倶楽部《かいかつくらぶ》の部室にいた夜先輩《よるせんぱい》に、ラーメンの半額券《はんがくけん》を見せた。

「なんか岡田《おかだ》くんが『こうしてテレビの取材が入ったのも、みんなの応援《おうえん》のおかげだからお礼に』って、クラスメイト全員にくれたんですよ！」

「へえ、太《ふと》っ腹《ぱら》じゃん」

「ちょ、なんで半額券《はんがくけん》を自分のポケットに入れようとしてるんですか？」

「俺《おれ》にくれるんだろ？　日頃《ひごろ》松井《まつい》のことを世話してやってるお礼として」

「私《わたし》は見せびらかしにきただけです！　返してください！」

「取れるもんなら、取ってみな」

「〜〜っ！」

券《けん》を奪《うば》い返《かえ》すために悪戦苦闘《あくせんくとう》していると、突然《とつぜん》**「くわーーっ‼」**という変な鳴き声がした。ふたりで顔を見合わせて窓《まど》の外を確認《かくにん》したら、巨大《きょだい》な鳥が宵中《よいちゅう》の上空を飛んでいた。

「あ、あの鳥はなんですか？　ひょっとして、神話とかに出てくる鳳凰《ほうおう》⁉」

「鳳凰《ほうおう》っていうより、見た目は孔雀《くじゃく》のほうが近いだろ。色も緑だし」

「たしかに似《に》てますけど、絶対《ぜったい》に孔雀《くじゃく》じゃないですよ！　小学校の飼育《しいく》小屋にいた孔雀《くじゃく》の鳴き声はもっと可愛《かわい》い感じでしたし」

体も大きいし、あんな鳥は今まで見たことがない。

「これは大スクープかもしれないです！　未確認《みかくにん》生物を見つけたって、私《わたし》たちもメディアに取り上げられちゃうかも！」

「残念だけど、あれは俺《おれ》ら以外には視《み》えない鳥だ」

「え、それって、まさか……」

「ああ、あの鳥は怪異《かいい》だ」

その言葉を聞いて、伝説の鳥ではないのかと少しだけガッカリしてしまった。

「くわーっ！」

宵中《よいちゅう》の周りを飛行していた鳥は、また大きな声で鳴いたあと、どこかに行ってしまった。

「せ、先輩《せんぱい》、早く捕《つか》まえないとマズイですよ！」

「飛んでるやつをどうやって捕《つか》まえるんだよ」

「でも怪異《かいい》なら絶対《ぜったい》になにかをするはずです」

「こっちから追いかけなくても、自然としっぽを見せるさ。なんせ怪異《かいい》百科事典に載《の》っている怪異《かいい》は、宵中《よいちゅう》に関わるものにしか取《と》り憑《つ》かないからな」


それから数日後。夜先輩《よるせんぱい》が言っていたとおり、奇妙《きみょう》なことが起きた。連日行列ができていた岡田《おかだ》くんちのラーメン屋にお客さんが来なくなってしまったのだ。テレビ効果《こうか》であんなに繁盛《はんじょう》していたのに、なぜか今は常連客《じょうれんきゃく》でさえ岡田《おかだ》くんの家のラーメン屋を避《さ》けているらしい。


「……くそ、どうなってるんだよ！」

上機嫌《じょうきげん》だった岡田《おかだ》くんは、わかりやすく焦《あせ》っていた。いきなりお客さんが来なくなるなんて絶対《ぜったい》におかしい。もしかしたらネットで悪いレビューや悪質《あくしつ》な口コミが広がっているのかもしれないと疑《うたが》ったけれど、そのような書《か》き込《こ》みは確認《かくにん》できなかった。

「だ、大丈夫《だいじょうぶ》だよ！　勇樹《ゆうき》んちの客がうちに流れてきてるのも一時的なことだと思うし！」

必死に励《はげ》ましているのは、鷹野《たかの》くんだ。岡田《おかだ》くんちのラーメン屋に人が入らなくなった代わりに、今では鷹野《たかの》くんちのラーメン屋に行列ができている。

鷹野《たかの》くんは岡田《おかだ》くんを元気づけようとするだけではなく、またお客が来てくれるように呼《よ》び込《こ》みも手伝うと言っていた。

「慎吾《しんご》……いいのか？　うちのラーメン屋が繁盛《はんじょう》したら、慎吾《しんご》んちのお客が少なくなるかもしれないんだぞ」

「ラーメンには好みがある。こってりが好きな客もいれば、あっさりがいいって人もいるし、繁盛《はんじょう》するかどうかは俺《おれ》たちが決めることじゃないだろ？」

「慎吾《しんご》……」

半額券《はんがくけん》をくれたお礼にクラスメイトたちも呼《よ》び込《こ》みを手伝うことになり、もちろん私《わたし》も参加することになった。

「なんで俺《おれ》まで手伝わなきゃいけねーんだよ?」

学校が終わったあと、岡田《おかだ》くんちの近くでチラシを配っている私《わたし》の隣《となり》には、夜先輩《よるせんぱい》の姿《すがた》があった。

「部活がある人は手伝いたくてもできないんですから、こういう時こそ動ける人たちで力を合わせないと! 先輩《せんぱい》はチラシを三つ折りにするのを手伝ってくださいね!」

「え、お前、今なんの時間だと思ってる? 俺《おれ》らも普通《ふつう》に部活中なんだけど?」

「それに岡田《おかだ》くんちのお父さん、お店が混《こ》むと思ってラーメンの材料をたくさん発注しちゃったらしいんです。賞味期限《しょうみきげん》が切れる前に使いきらないと大赤字だ……って、岡田《おかだ》くんも真《ま》っ青《さお》になってました」

「そんなの自己責任《じこせきにん》だろ」

「そうかもしれませんが、急にお客さんが来なくなるなんてやっぱり変ですよ。だって、ほら」

私《わたし》はお店を指さした。チラシを受け取った人が岡田《おかだ》くんの家のラーメン屋に入ろうとするけれど、なぜか暖簾《のれん》をくぐる寸前《すんぜん》で「やっぱり違《ちが》う店に行こう」と引き返してしまう現《げん》象《しょう》が起きていた。

「どうして中に入らないんでしょうか……？」

「じゃあ、自分で試《ため》してみればいい」

「へ？」

夜先輩《よるせんぱい》に背中《せなか》を押《お》された私《わたし》も、ラーメン屋に近づいた。暖簾《のれん》をくぐって扉《とびら》を開けようとしたところ、どういうわけか〝ここのラーメンは食べたくない！〟という気持ちになった。

な、なんで岡田《おかだ》くんちのラーメンが食べたくないなんて、思うんだろう？

お腹《なか》はすいてるし、ラーメンも食べたいのに……。

「くわーーっ!!」

その時、聞き覚えがある鳴き声がした。空を見上げると、ラーメン屋の屋根に例の怪異《かいい》がいた。存在《そんざい》をアピールしているみたいに怪異《かいい》は羽を広げて、声高らかに鳴いている。

「あ！　やっぱりあの怪異《かいい》が岡田《おかだ》くんに取《と》り憑《つ》いていたんですね！」

「いや、あいつが取《と》り憑《つ》いてるのはラーメン屋のほうだろう」

「え、怪異《かいい》って家にも憑《つ》くんですか⁉」

「ああ。とくにあいつは飛べるから、それなりに行動範囲《はんい》も広い。かなり厄介《やっかい》だぞ」

あの怪異《かいい》を封印《ふういん》しない限《かぎ》り、岡田《おかだ》くんちのラーメン屋にお客さんは来ない。このままだとお店が潰《つぶ》れてしまうかもしれないし、早く元どおりにしないと……。

「鳥さーん！　こっちに降《お》りてきてくださーい！」

「アホ。そんなんで降《お》りてくるか」

「だって屋根から降《お》りてきてくれないとなにもできないじゃないですか。誘《おび》き寄《よ》せられそうなエサも持ってないですし」

「だったら、これでいくか」

夜先輩《よるせんぱい》が拾ったのは、足元に転がっていた石だった。

「ま、まさか投げるつもりですか？　たとえ相手が怪異《かいい》でも生き物に石を投げるのはダメですよ！」

「鳥じゃなくて屋根に当てるんだよ。音に驚《おどろ》いて降《お》りてくるかもしれないだろ」

「なるほど！」

先輩《せんぱい》が投げた石は見事に屋根に当たったけれど……。コツンッ。思いのほか勢《いきお》いがあった石は、そのまま跳《は》ね返《かえ》って怪異《かいい》の頭に命中してしまった。

「ちょっ、鳥さんに当たっちゃったじゃないですか！」

「今のは事故《じこ》だろ。俺《おれ》は悪くない」

「くえぇぇぇーっ!!」

怒《おこ》った怪異《かいい》は大きく羽を広げて、先輩《せんぱい》に襲《おそ》いかかってきた。怪異《かいい》は鋭《するど》いくちばしで先輩《せんぱい》の頭を突《つ》っついたあと、近くの塀《へい》の上に降《お》り立《た》ち満足したように毛繕《けづくろ》いをしている。

「よ、夜先輩《よるせんぱい》、大丈夫《だいじょうぶ》ですか……？」

「……やろう」

「え？」

「あの野郎《やろう》、焼き鳥にしてやる！」

火がついてしまった先輩《せんぱい》は、怪異《かいい》を力ずくで捕《つか》まえようとするが、うまくいかない。

「うちのラーメンを食べていきませんか？　父ちゃんのラーメンは世界一なんです！」

そんな中で、岡田《おかだ》くんがめげずに呼《よ》び込《こ》みを続けていた。焦《あせ》りからなのか、断《ことわ》る客をしつこく店に引き入れようとしていて、鷹野《たかの》くんがそれを注意していた。

「勇樹《ゆうき》。気持ちはわかるけど、無理やり連れていこうとするのは良くないぞ」

「……俺《おれ》の気持ちが、わかる？　そんなわけないだろ。俺《おれ》んちの客を全部取ってるくせに」

「なんだよ、それ」

「だってそうじゃんか。うちの店が暇《ひま》になって、内心は喜《よろこ》んでるんじゃねーのかよ」

「は？」

夜先輩《よるせんぱい》VS怪異《かいい》（鳥）の戦いのそばで、今度は岡田《おかだ》くんと鷹野《たかの》くんの喧嘩《けんか》が始まってしまった。次第《しだい》にふたりは揉《も》み合《あ》いになり、私《わたし》はなんとか止めようと狼狽《うろた》えていた。

「ふ、ふたりとも喧嘩《けんか》はダメだよ！」

しかし、私《わたし》の声は岡田《おかだ》くんと鷹野《たかの》くんには届《とど》かない。

「だいたい、テレビに取り上げられて調子に乗ってた勇樹《ゆうき》が悪いんだろ！」

「ほら、やっぱりうちの店が繁盛《はんじょう》したことを良く思ってなかったんじゃないか！」

「そうだよ！　本当はすげえ嫉妬《しっと》してたよ！　だけど俺《おれ》は取材される前から勇樹《ゆうき》んちのラーメンが最高だって知ってる。勇樹《ゆうき》は俺《おれ》のライバルだけど、同時に俺《おれ》はお前んちのラーメンのファンなんだ！」

その言葉に、胸《むな》ぐらを掴《つか》んでいた岡田《おかだ》くんの手が止まった。

「俺《おれ》だって……俺《おれ》だってっ。慎吾《しんご》んちのラーメンが好きだし、お前のことも親友だって思ってるよ！」

「勇樹《ゆうき》……」

「だから大人《おとな》になっても慎吾《しんご》とはライバルでいたい。そのために俺《おれ》が父ちゃんの店を守る。……守りたいんだっ！」

岡田《おかだ》くんの涙《なみだ》を見て、鷹野《たかの》くんも泣いていた。幼《おさな》なじみで、親友で、ライバル。ふたりの絆《きずな》に感動していたら、夜先輩《よるせんぱい》が息を切らして戻《もど》ってきた。

「……ハア、よくやく捕《つか》まえたぞ！」

首根っこを掴《つか》まれている怪異《かいい》は、抵抗《ていこう》するように暴《あば》れている。孔雀《くじゃく》のように羽を広げた瞬間《しゅんかん》、上空にアルファベットが浮《う》かび上《あ》がった。

K・O・I・R・A・K・D・O・N

岡田《おかだ》くんの家のラーメン屋が急に暇《ひま》になったこと。そして、怪異《かいい》が鳥の姿《すがた》をしていること。このふたつの情報《じょうほう》が、きっと名前に辿《たど》り着《つ》くヒントだ。

「こ、い、ど、ううん。か、こ、ど、ん、かんこ……かんこ？」

私《わたし》は怪異《かいい》の名前を閃《ひらめ》いた。

「ＫＡＮＫＯＤＯＲＩ。この怪異《かいい》の名前はカンコドリ!!」

9番目の怪異《かいい》【カンコドリ】

解説《かいせつ》：急に暇《ひま》になってしまう

——数日後。立て続けに怪異《かいい》に関係しそうなウワサが校内で流れて、怪活倶楽部《かいかつくらぶ》は大忙《おおいそが》しだった。

「あ〜もうっ、忙《いそが》しすぎて目が回りそうです」

怪異《かいい》が現《あらわ》れても、毎回うまく封印《ふういん》できるわけじゃない。簡単《かんたん》ではないからこそ、疲《つか》れも溜《た》まってしまう。そんな私《わたし》を労《ねぎら》うように、夜先輩《よるせんぱい》があるものを見せてきた。

「よしっ。今日は部活を早めに切り上げてラーメン食いに行くか」

「先輩《せんぱい》……って、それ私《わたし》の半額券《はんがくけん》ですよね？」

「どっちのでもいいだろ。俺《おれ》、ずっとラーメンの口なんだよ」

無事に怪異《かいい》を封印《ふういん》したあとも岡田《おかだ》くんと鷹野《たかの》くんの友情《ゆうじょう》は続いている。将来《しょうらい》はお互《たが》いに家を継《つ》ぎ、大人《おとな》になっても親友でありライバルでいようと約束したふたり。

私《わたし》は夜先輩《よるせんぱい》と一緒《いっしょ》に、岡田《おかだ》くんちの暖簾《のれん》をくぐった。

「いらっしゃいませー!」

そこには美味《おい》しそうなラーメンの匂《にお》いと、お客さんの笑顔《えがお》があふれていた。

【八話】言葉を奪《うば》う怪《かい》異《い》

運動音痴《おんち》で、勉強は苦手。だけど私《わたし》には自慢《じまん》できることがある。それは小学校六年間、一度も休まなかったことだ。健康だけが取《と》り柄《え》の私《わたし》は滅多《めった》に風邪《かぜ》を引かないし、家族がインフルエンザにかかっても、なぜかひとりだけ元気に乗り切った。だけど、今日は目覚めた瞬間《しゅんかん》から体の調子がいつもと違《ちが》った。

「顔色、悪くね？」

おぼつかない足取りで学校に着くと、開口一番に夜先輩《よるせんぱい》からそんなことを言われてしまった。

「うう、なんだか頭が痛《いた》いんです……」

熱はないのに、体が異常《いじょう》に重い。まるで、誰《だれ》かをおんぶしているみたいな気分だ。

「もしかしたら呪《のろ》いの影響《えいきょう》かもしれないな」

「え、それって前に言ってた怪異《かいい》百科事典の所有者だけに起きるっていう……？」

「そうそう。所有者になった途端《とたん》にケガをしたり、命に関わるような事故《じこ》に遭《あ》ったやつもいる。まあ、呪《のろ》いは目に見えないものだし、不吉《ふきつ》なことのすべてが呪《のろ》いのせいってわけじゃないんだろうけど」

「じゃあ、この体調不良も本が原因《げんいん》ってことですか？」

「多分な。でもあまり気にしすぎるのも良くない。この本を持ってるから不吉《ふきつ》なことが起きるに違《ちが》いないっていうネガティブな感情《かんじょう》が、呪《のろ》いのトリガーになってる可能性《かのうせい》もあるし」

たしかに私《わたし》はまだ怪異《かいい》百科事典を怖《こわ》がっている。いつ怪異《かいい》が現《あらわ》れるかわからないから肌《はだ》身離《みはな》さず持ち歩いているけれど、心の奥《おく》では怯《おび》えているし、そういう気持ちが不幸なことを引《ひ》き寄《よ》せてしまうのかもしれない。

「……本の所有者って、今までどのくらい代わっているんですか？」

「さあ。宵中《よいちゅう》は大正時代に建てられたって聞いたことがあるから、多分この本もその頃《ころ》からあるだろうな」

「た、大正時代？」

「ざっと百年前ってとこか」

「ということは、その頃《ころ》から怪異《かいい》が存在《そんざい》してるってことですか？」

「単純《たんじゅん》に考えればそうなるな」

「私《わたし》、思ったんですけど、怪異《かいい》百科事典は少なくとも三十年前に一度完成してますよね？その時の所有者の人に会うことはできないのでしょうか？」

その人は100体の怪異《かいい》に出会っていて、100体の名前を知っている。大正時代まで遡《さかのぼ》ることはできなくても、一番近い時代の所有者を探《さが》して、怪異《かいい》の名前をすべて聞き出すことができれば、封印《ふういん》も楽になるのでは……と考えたけれど、夜先輩《よるせんぱい》は私《わたし》の質問《しつもん》に難《むずか》しそうな顔をしていた。

「あ、三十年前の所有者が先輩《せんぱい》のことを封印《ふういん》した人だということはわかってます。先輩《せんぱい》にとっては敵《てき》かもしれませんが、その、えっと……」

「別に敵《てき》じゃねーよ。たしかにお前の言うとおり、本を完成させた所有者は全部の怪異《かいい》の名前を暴《あば》いている。だけど、その記憶《きおく》は保持《ほじ》できない」

「つまり……消えてしまうということですか？」

「ああ。怪異《かいい》百科事典が完成して所有権《しょゆうけん》から解放《かいほう》された瞬間《しゅんかん》に、出会った怪異《かいい》の名前は忘《わす》れてしまう。要はズルできないカラクリがあるってことだ」

……本を完成させることは、私《わたし》が思っている以上に大変なことなのかもしれない。呪《のろ》いも怖《こわ》いけれど、それ以上に怪異《かいい》はもっと怖《こわ》い。ズキズキ、ジンジン。頭痛《ずつう》がさらにひどくなってきた。怪異《かいい》百科事典なんて、早く手放してしまいたい。

でもそうなったら……夜《よる》先輩《せんぱい》との関係はどうなるんだろう？


「皆《みな》さんに大事な話があります」

今日は体育館で全校集会が開かれた。生徒たちは床《ゆか》で体育座《ずわ》りをして、教壇《きょうだん》の上にいる校長先生の声に耳を傾《かたむ》けている。校長先生の話は『多様性《たようせい》』についてだった。少し前から宵中《よいちゅう》でも男女共用トイレができたり、来年には制服《せいふく》もスカートかズボンかを選べるようになる取り組みが開始される予定になっている。

「男子は男らしく、女子は女らしくという考えも差別にもなります。よって、今日から性《せい》別《べつ》の押《お》しつけになるような言葉も使用しないようにしてください」

どういうことか最初は理《り》解《かい》できなかったけれど、簡《かん》単《たん》に言えば『力仕事は男子がやるべき』『女子なんだからおしとやかにしろ』などの言い方をしないようにということらしい。

小学校の時も多《た》様《よう》性《せい》についての学習授《じゅ》業《ぎょう》があったから、校長先生の言っていることはある程《てい》度《ど》理《り》解《かい》できた。他の生徒も同じみたいで「言葉には気を付けよう」という意《い》識《しき》に変わったけれど、その日を境《さかい》に校長先生からの注意はどんどん増《ふ》えていった。

いじめに繋《つな》がるような「バカ」「うざい」は禁《きん》止《し》。周りのやる気を削《そ》ぐような「面《めん》倒《どう》くさい」「だるい」「疲《つか》れた」もダメ。乱《みだ》れた言葉じり「～じゃん」「～だし」「～なんだけど」も禁《きん》止《し》。さらに言葉の規《き》制《せい》はエスカレートしていって、ついには友達同士であっても学校ではタメロを使ってはいけないことになってしまった。

「なあ、いちご狩《が》りいかね？　俺《おれ》の体が糖《とう》分《ぶん》を欲《ほ》しがってるんだけど」

宵中《よいちゅう》全体が張《は》り詰《つ》めた空気をしている中、怪活倶楽部《かいかつくらぶ》の部室だけがいつもどおりだった。

「もう、夜先輩《よるせんぱい》。そんな呑気《のんき》なことを言ってる場合じゃないですよ！」

多様性《たようせい》の話は賛成《さんせい》だったし、いじめに繋《つな》がる言葉を禁止《きんし》することもいいと思う。けれど、それ以降《いこう》は明らかにやりすぎだし、様々《さまざま》なことを規制《きせい》されすぎて生徒たちも終始ピリピリしている状況《じょうきょう》だった。

「校長先生はなにがしたいんでしょうか？」

「宵中《よいちゅう》の生徒を清く正しく美しくしたいんじゃねーか」

「先輩《せんぱい》の今の言葉じりは一発アウトですよ」

「アウトってなんだよ」

「禁止《きんし》されている言葉を校内で使うとペナルティがあるんです」

「はっ、監視《かんし》カメラがあるわけじゃないし、使ったってバレないだろ」

「実はそこも色々《いろいろ》と問題になってまして……」

廊下《ろうか》からタイミングよく甲高《かんだか》い笛の音が聞こえた。首からホイッスルをさげている生徒が、禁止《きんし》されている言葉を使った人を名指しで注意している。

「なんだ、あれ」

「密告者《みっこくしゃ》です。禁止《きんし》されている言葉を使っている生徒を校長先生に報告《ほうこく》すると、内申点《ないしんてん》が上がるらしいんですよ」

「なんだ、それ」

「本当になんだそれって感じですよね。でも密告者《みっこくしゃ》も日に日に増《ふ》えてて、気が抜《ぬ》けないんです」

「密告者《みっこくしゃ》は正義《せいぎ》、違反者《いはんしゃ》は悪っていう風潮《ふうちょう》ができると、生徒同士の関係も最悪になるぞ」

「もうなってます……」

「元凶《げんきょう》はあいつだな」

夜先輩《よるせんぱい》の視線《しせん》が別のほうに向いた。そこにいたのは、生徒たちのことを監視《かんし》するように見つめている校長先生だ。怪《あや》しげにほくそ笑《え》んでいる校長先生の体には、黒いなにかが巻《ま》き付《つ》いている。

「せ、先輩《せんぱい》。あの黒いものって……」

「怪異《かいい》で間違《まちが》いないな」

この理不尽《りふじん》な規制《きせい》が怪異《かいい》のせいだということがわかり、早速《さっそく》放課後に校長先生に会いにいったけれど……。

「もう、こんなルールは耐《た》えられない！」

校長室の前は不満を募《つの》らせた生徒たちであふれ返っていた。抗議《こうぎ》する生徒と、それを止めようとしている先生たちで、廊下《ろうか》は騒然《そうぜん》としている。

「た、大変、なんとかしないと……わっ！」

「なんでお前も人混《ひとご》みに入ってるんだよ」

「せ、先輩《せんぱい》、助けてください。い、息ができない……うぷっ」

「ったく」

もみくちゃになっている私《わたし》を見て、夜先輩《よるせんぱい》も人波の中へと足を踏《ふ》み入《い》れる。その時、先生たちの後ろで守られている校長先生と目が合った。いや、校長先生が見ているのは、私《わたし》じゃなくて夜先輩《よるせんぱい》のほうだ。そういえば、怪異《かいい》に取《と》り憑《つ》かれている間は、先輩《せんぱい》のことが視《み》えるようになるんだっけ。

在校生《ざいこうせい》ではない先輩《せんぱい》に気づいて、不思議に思っているんだろうか。それとも、校長先生の中にいる怪異《かいい》が先輩《せんぱい》のことを知っている可能性《かのうせい》も……ああ、ダメだ。酸欠《さんけつ》のせいで、また頭が痛《いた》くなってきた。

朦朧《もうろう》とする意識《いしき》の中、校長先生の体に巻《ま》き付《つ》いている黒い影《かげ》が大きな鎌《かま》に変わっていた。

O・K・I・R・A・B・O・T・G・A

廊下《ろうか》に漂《ただよ》うアルファベットを見て、私《わたし》は色々《いろいろ》なことを推理《すいり》した。鎌《かま》の形……言葉を制限《せいげん》。合っているかはわからない。でもこの騒《さわ》ぎを止めるには、怪異《かいい》を封印《ふういん》するしかない。

「ＫＯＴＯＢＡ……ＧＡＲＩ。この怪異《かいい》の名前はコトバガリ……」

60番目の怪異《かいい》【コトバガリ】

解説《かいせつ》：言葉を次々《つぎつぎ》と使用禁止《きんし》にする

怪異《かいい》の名前を言った瞬間《しゅんかん》、目の前が真っ白になった。

『松井《まつい》、今まで副部長としてよくやった。お前のおかげで99体の怪異《かいい》を封印《ふういん》することができたよ』

気づけば私《わたし》は怪活倶楽部《かいかつくらぶ》の部室にいて、夕焼けが差《さ》し込《こ》む窓《まど》のそばには夜先輩《よるせんぱい》が立っていた。

『じゃあ、残りは1体ですね！』

『そう、最後は俺《おれ》。つまり、俺《おれ》たちは敵同士《てきどうし》ってわけだ』

『い、今まで一緒《いっしょ》に頑張《がんば》ってきたのに敵《てき》だなんて……』

『そうだな。今さら争うのはなしにしよう。大人《おとな》しく俺《おれ》は松井《まつい》に封印《ふういん》されるよ』

『ま、待ってください、私《わたし》は』

『松井《まつい》、俺《おれ》の本当の名前は――』


「夜先輩《よるせんぱい》、ダメです……!!」

私《わたし》は叫《さけ》びながら目を覚ました。さっきまで廊下《ろうか》にいたはずなのに、なぜか部室の天井《てんじょう》が見える。まだ夢《ゆめ》を見ているんだろうか。

「なにがダメなんだよ？」

「わっ」

夜先輩《よるせんぱい》の声がして、慌《あわ》てて体を起こした。そこで自分が先輩《せんぱい》の膝《ひざ》の上に頭を載《の》せて寝《ね》ていたことに気づく。

「私《わたし》は……気を失っていたんでしょうか？」

「そうだよ。無鉄砲《むてっぽう》に人混《ひとご》みに飛《と》び込《こ》むからこうなるんだ」

「じゃあ、先輩《せんぱい》が私《わたし》のことをここまで……？」

「俺《おれ》が運んでもよかったけど、なにせ周りに人が大勢《おおぜい》いたから岩崎《いわさき》に手伝ってもらった」

「え、岩崎《いわさき》くんってまだ先輩《せんぱい》のことが視《み》えるんですか？」

「いや、あいつはもう視《み》えてない。だけど一時的に思考を操《あやつ》ってコントロールすることはできる。まあ、それをすると俺《おれ》も相当体力を使うから、滅多《めった》にやらないけど」

つまり、滅多《めった》にしないことを私《わたし》のためにしてくれたんだ。それを嬉《うれ》しく思いながらも、やっぱりまだ頭はぼんやりしていた。

「……校長先生に取《と》り憑《つ》いていた怪異《かいい》はどうなりましたか？」

「覚えてないのか？　ちゃんと本に封印《ふういん》されたよ。さすが副部長」

その言葉を聞いて、私《わたし》は先ほどの夢《ゆめ》を思い出した。私《わたし》は本の所有者で、夜先輩《よるせんぱい》は100番目の怪異《かいい》。このまま怪異《かいい》集めをしていたら、いずれあの夢《ゆめ》が現実《げんじつ》になるのかもしれない。

「……いつか夜先輩《よるせんぱい》のことも封印《ふういん》する日が来るんでしょうか？」

私《わたし》は夢《ゆめ》の中で、先輩《せんぱい》の名前を聞くことを拒《こば》んだ。名前を聞かないと怪異《かいい》百科事典は完成しないし、所有権《しょゆうけん》も放棄《ほうき》できない。呪《のろ》いも怪異《かいい》も怖《こわ》いままだけど、私《わたし》は……。

「おいおい、今何体封印《ふういん》できてるか数えたことないのか？　まだ8体だぞ。俺《おれ》のことを気にするには、まだ百万年はえーわ」

そう言って、夜先輩《よるせんぱい》からデコピンをされた。

「でも松井《まつい》にとって俺《おれ》の存在《そんざい》が重荷なら、怪異《かいい》百科事典を他の人間に開いてもらう手もある。それを止める権利《けんり》は俺《おれ》にはない」

「そんなこと絶対《ぜったい》にしません！　ちゃんと最後までやり遂《と》げて、本から逃《に》げ出《だ》した怪異《かいい》をすべて封印《ふういん》します」

「はは、頼《たの》もしいな」

夜先輩《よるせんぱい》の笑った顔を見て、今度は頭じゃなくて胸《むね》が痛《いた》くなった。先のことなんて、わからない。たとえいつか夢《ゆめ》で見た光景が現実《げんじつ》になったとしても、今はまだ夜先輩《よるせんぱい》とこのままでいたい。だって、怪異《かいい》百科事典の所有者と怪異《かいい》という関係の他に、私《わたし》たちには部長と副部長という強い繋《つな》がりがあるのだから。

九話

傷《きず》だらけの怪異《かいい》

怪活倶楽部《かいかつくらぶ》の部室は、校舎《こうしゃ》の一番端《はし》にある。怖《こわ》いウワサがいくつかあるせいで、今日も夜先輩《よるせんぱい》とふたり……と思いきや、小さな訪問者《ほうもんしゃ》がやってきた。

「にゃ〜」

換気《かんき》のために開けていた窓《まど》から入ってきたのは、毛並《けな》みがいい白猫《しろねこ》だった。

「わあっ、先輩《せんぱい》見てください、猫《ねこ》ちゃんです！　野良猫《のらねこ》でしょうか？」

「猫《ねこ》くらいで騒《さわ》ぐな」

「いいじゃないですか。ほら、こんなに可愛《かわい》いですよ」

「バカ、近づけんなよ」

「先輩《せんぱい》って猫《ねこ》ちゃん苦手なんですか？」

「苦手とかじゃなくて……へっくしょん！」

鼻をむずむずさせている先輩《せんぱい》を見て、私《わたし》はきょとんとした。

「え、ひょっとして猫《ねこ》アレルギー？」

「……うるせーな」

夜先輩《よるせんぱい》はなぜか恥《は》ずかしそうにそっぽを向いてしまった。怪異《かいい》なのにアレルギーがあるなんて……なんだかちょっと可愛《かわい》い。

「みるく、どこ～？」

その時、窓《まど》の外から声がした。しきりに裏庭《うらにわ》を見渡《みわた》していたのは、上級生の女子生徒だ。何度も『みるく』という名前を口にしていて、草むらなどを掻《か》き分《わ》けながら必死に探《さが》している。

「あの……みるくって、この猫《ねこ》ちゃんのことでしょうか？」

私《わたし》は猫《ねこ》を抱《だ》き上《あ》げて、窓越《まどご》しに声をかけた。

「うん、そうそう！　ここにいたんだね。見つけてくれてありがとう！」

「いえいえ、飼《か》い主《ぬし》さんが無事に見つかってよかったです」

「私《わたし》は飼《か》い主《ぬし》じゃないよ〜！　勝手にこの子にご飯をあげてるだけ」

「ということは、やっぱり猫《ねこ》ちゃん……いえ、みるくは野良猫《のらねこ》なんですか？」

「宵中《よいちゅう》に住み着いてるみたいだから、半分野良《のら》で、半分宵中《よいちゅう》の猫《ねこ》って感じなんじゃないかな？　あ、そういえば名前聞いてなかったね。あなたはなにちゃん？」

「私《わたし》は一年の松井希子《まついきこ》です」

「希子《きこ》ちゃんね。私《わたし》は二年の伊藤早苗《いとうさなえ》」

上級生の中には威張《いば》っている人もいたりするけれど、早苗先輩《さなえせんぱい》はとても気さくで、話しやすい先輩《せんぱい》だった。

「ところで希子《きこ》ちゃんはなんでこんな場所にいるの？　そこって幽霊《ゆうれい》が出るってウワサの空き教室だよね？」

「あ、今は一応《いちおう》部活中なんです」

「へえ、なに部なの？」

怪活倶楽部《かいかつくらぶ》と言っても伝わらないし、なんて説明すれば……と悩《なや》んでいると、私《わたし》の腕《うで》の中からみるくが飛び出した。みるくはそのまま外に出てしまい、勢《いきお》いよく走っていってしまった。

「希子《きこ》ちゃん、ごめん！　話の途中《とちゅう》だけど、私《わたし》みるくを追いかけるね！　あの子もひとりぼっちだからさ」

早苗先輩《さなえせんぱい》の背中《せなか》を見つめながら、私《わたし》は首を傾《かし》げた。

あの子〝も〟ひとりぼっちって、どういう意味だろう？


次の日、朝の昇降口《しょうこうぐち》で早苗先輩《さなえせんぱい》に会った。挨拶《あいさつ》しようと近づいたけれど、すぐに不穏《ふおん》な空気に気づいた。

「ねえ、早苗《さなえ》。昨日頼《たの》んでおいた私《わたし》たちの宿題終わらせてきた？」

「えっと、それが昨日は忙《いそが》しくて……」

「はあ？　あんたがやらないせいでうちらが怒《おこ》られたらどうしてくれるわけ？」

「だ、大丈夫《だいじょうぶ》、大丈夫《だいじょうぶ》！　数学は二時間目だし、今から急いでやれば間に合うから」

「じゃあ、早く走って教室に行きなよ」

「はは、オッケー」

元気よく教室へと向かっていく早苗先輩《さなえせんぱい》を見て、女子たちは一斉《いっせい》に悪口を言い始めた。

「早苗《さなえ》って、いつもヘラヘラしててムカつくよね」

「ね。なに言っても笑ってるし、怒《おこ》ったり泣いたりすることあるのかな？」

「じゃあ、泣かせてみる？」

「えーどうやって？」

「私《わたし》、早苗《さなえ》と掃除《そうじ》場所が一緒《いっしょ》だからちょっとイタズラしてみるよ」

この人たちは本当に早苗先輩《さなえせんぱい》の友達なの……？


不安を感じながら迎《むか》えた昼休み。宵中《よいちゅう》では昼食後に十五分間の掃除《そうじ》の時間がある。今週、私《わたし》の班《はん》が担当《たんとう》するのは教室。ゴミ出しを任《まか》されたので、ゴミ袋《ぶくろ》を抱《かか》えて収集《しゅうしゅう》場所になっている裏庭《うらにわ》に行ったら、夜先輩《よるせんぱい》に声をかけられた。

「まさかパシリにされてるんじゃねーだろうな」

「ゴミ出し担当《たんとう》は日替《ひが》わりなので、パシリじゃないですよ。心配してくれてありがとうございます」

「別に心配はしてないけど。そういや、体調は大丈夫《だいじょうぶ》なのかよ？」

「たまに体がダルい時もありますが、今日は大丈夫《だいじょうぶ》そうです。またまたご心配ありがとうございます」

「だから心配はしてないって」

そう言いながらも、夜先輩《よるせんぱい》は私《わたし》のゴミ袋《ぶくろ》を代わりに持ってくれた。口は悪いけれど、先《せん》輩《ぱい》がけっこう優《やさ》しいことはもう知っている。

「前から気になっていたんですけど、先輩《せんぱい》って日中はなにをしてるんですか？」

「なにって宵中《よいちゅう》をパトロールしたり、怪異《かいい》の気配を辿《たど》ってみたり、こう見えてけっこう忙《いそが》しいんだよ」

「怪異《かいい》の気配、今はどうです？」

「んー」

夜先輩《よるせんぱい》が歯切れの悪い返事をすると、どこからかみるくがやってきた。

足にすり寄《よ》ってきたみるくの頭を撫《な》でようとしたら、なぜか全身が濡《ぬ》れている。

「あれ、なんでみるくは濡《ぬ》れているんでしょうか？　雨は降《ふ》ってないし……ハッ！　ひょっとして川に落ちたんじゃ……」

「川なんてこの近くにはないけどな」

「……ですよね」

ポケットに入っていたハンカチで体を拭《ふ》いてあげたら、みるくは嬉《うれ》しそうに喉《のど》を鳴らしていた。

みるくが濡《ぬ》れている理由がわからないまま放課後になった。コンコンッと部室の窓《まど》を叩《たた》いたのは、早苗先輩《さなえせんぱい》だった。

「希子《きこ》ちゃん、やっほー。また来ちゃった！」

「早苗先輩《さなえせんぱい》、こんにちは。あ、みるくも一緒《いっしょ》なんですね」

「うん。ご飯をあげようと思って」

みるくは大人《おとな》しく早苗先輩《さなえせんぱい》の腕《うで》に抱《だ》かれている。掃除《そうじ》の時間にみるくが濡《ぬ》れていた理由も気になるけれど、それ以上に気がかりなのは、今朝《けさ》聞いてしまった会話のことだ。

――『私《わたし》、早苗《さなえ》と掃除《そうじ》場所が一緒《いっしょ》だからちょっとイタズラしてみるよ』

そんなことを言っていたが、早苗先輩《さなえせんぱい》の様子はとくに昨日と変わらずに明るい。変なことをされなかったか聞いてみようと思ったけれど、もしも私《わたし》の思《おも》い過《す》ごしで、ただの内輪の冗談《じょうだん》だったとしたら……。あまり聞きたくないだろう内容《ないよう》の会話を友達がしていたとバラしてしまうことになる。そんなこと知りたくもないだろうし、私《わたし》だったらショックすぎて泣いてしまうかもしれない。

「あ、こら、みるく！」

悶々《もんもん》と考えていると、またみるくが窓《まど》を乗《の》り越《こ》えて部室の中に入ってきた。みるくが一目散に向かったのは、ソファの上。そこには夜先輩《よるせんぱい》が寝転《ねころ》んでいる。

「にゃーにゃー！」

「おい、こっち来るなって……はっくしょん、へっくしょんっ‼」

みるくに遊ばれている先輩《せんぱい》は、くしゃみを連発していたけれど、当然その光景は早苗先《さなえせん》輩《ぱい》には見えていない。

「ははっ、みるくってば、なにもないところでじゃれてるし！」

「な、なにか匂《にお》いがするのかもしれませんね！」

「もしかして、幽霊《ゆうれい》でもいるのかな？」

「えっ⁉」

「ほら、動物には霊的《れいてき》なものが見えてるってよく言うでしょ。希子《きこ》ちゃんはこんな場所にひとりでいて怖《こわ》くないの？」

「えっと……あ、さ、早苗先輩《さなえせんぱい》はなにか部活とかやってないんですか？」

なんて答えたらいいのかわからなくて、不自然に話題を変えてしまった……。

「部活なんてしないよ。私《わたし》ドジだからよくケガもしちゃうんだよね。今日も階段《かいだん》から落ちちゃって」

「え、だ、大丈夫《だいじょうぶ》なんですか？」

「それが全然平気だったんだよ。奇跡《きせき》、奇跡《きせき》♪」

早苗先輩《さなえせんぱい》は笑顔《えがお》でブイサインをしたけれど、その明るさが今は心配になってしまう。

「ほら、お前はあっちに行けよ！」

夜先輩《よるせんぱい》に追《お》い払《はら》われたみるくが私《わたし》たちのほうに戻《もど》ってきたが、少しだけ不自然な歩き方をしていることに気づいた。

「……みるく、足をケガしてませんか？」

「えっ、本当に!?」

「少し足をかばうような歩き方をしているような……」

「わっ、本当だ。ど、どうしよう。養護《ようご》の先生のところに行ってもダメだよね？」

「あ、生物の先生はどうでしょう？　たしか犬を飼《か》っているって聞いたことがあるので、動物病院を紹介《しょうかい》してくれるかもしれません」

「ありがとう！　相談しにいってみる！」

みるくを抱《だ》きかかえた早苗先輩《さなえせんぱい》がいなくなったあと、私《わたし》はまたあのやり取りを思い出した。もしもあの人たちが早苗先輩《さなえせんぱい》ではなく、みるくにイタズラをしていたら……。嫌《いや》な考えを打ち消すように首を横に振《ふ》ると、夜先輩《よるせんぱい》が隣《となり》に移動《いどう》してきた。

「怪異《かいい》が視《み》えるようになってしばらく経《た》っていうのに、気配だけは相変わらず感じ取れないみたいだな」

「え、まさか怪異《かいい》が近くに……？」

「あの白猫《しろねこ》の中にいるよ」

「ええっ⁉」

早苗先輩《さなえせんぱい》を追いかけるために、急いで職員室《しょくいんしつ》に向かった。廊下《ろうか》で早苗先輩《さなえせんぱい》の友達とすれ違《ちが》う。彼女《かのじょ》たちはわざと階段《かいだん》で早苗先輩《さなえせんぱい》にぶつかったことや、掃除《そうじ》の時に水をかけようとして失敗したことなどを大きな声で話していた。

憶測《おくそく》だけで決めつけてはいけないとわかっていても、消えない疑惑《ぎわく》がある。……早苗先《さなえせん》輩《ぱい》はこの人たちに、いじめられている？

「なあ、共食いって知ってるか？」

隣《となり》を歩いていた夜先輩《よるせんぱい》が、ぽつりと尋《たず》ねてきた。

「え、と、共食いですか？　一応《いちおう》意味は知ってますけど……」

「動物の共食いは生存《せいぞん》と繁殖《はんしょく》のために必要なものなんだ。一方で人間は優越感《ゆうえつかん》に浸《ひた》るため、あるいは娯楽《ごらく》のためだけに仲間を傷《きず》つける。なんの生産性《せいさんせい》もない、無意味な共食いだ」

……夜先輩《よるせんぱい》も早苗先輩《さなえせんぱい》のことに気づいているんだ。

「怪異《かいい》は傷《きず》つけ合ったりしますか？」

「傷《きず》つけたいと思うってことは、相手に関心や興味《きょうみ》があるってことだ。だが、怪異《かいい》にそもそも感情《かんじょう》があるかどうかもわからない。でも、ないとも言いきれない。人間と通じ合うのは無理かもしれねーけど、動物は例外なのかもな」

「それって、どういう意味――」

聞き返したところで、早苗先輩《さなえせんぱい》が職員室《しょくいんしつ》から出てきた。その腕《うで》の中にみるくの姿《すがた》はない。生物の先生に預《あず》けたのだろうか。

「あ、早苗《さなえ》ー。待ってたよ、一緒《いっしょ》に帰ろー！」

さっきまで悪口を言っていた女子たちが、わざとらしいテンションで早苗先輩《さなえせんぱい》のことを囲《かこ》んでいた。みるくの中にいる怪異《かいい》をどうにかしなければいけない。だけど、早苗先輩《さなえせんぱい》のほうが心配だ。

私《わたし》は夜先輩《よるせんぱい》と一緒《いっしょ》に、早苗先輩《さなえせんぱい》たちのあとをつけることにした。女子たちは早苗先輩《さなえせんぱい》に自分の荷物を持たせて歩いている。信号に差《さ》し掛《か》かった時、道路を挟《はさ》んで向こう側を歩いていた他校の生徒のことを女子たちが指さした。

「ねえ、あれって早苗《さなえ》と同じ小学校だった女の子じゃない？」

「あープリで見たことあるかも。仲良かった子だよね？」

「今は連絡《れんらく》取ってないのー？」

「あー……う、うん。ちょっと喧嘩《けんか》したままになってて、気まずいんだよね、あはは」

早苗先輩《さなえせんぱい》の言葉を聞いた女子たちが、意地の悪い顔をした。

「だったら、嫌《きら》いだって直接《ちょくせつ》言ってきたほうがいいよ」

「え、き、嫌《きら》いって……」

「うん、早く言ってきなよ」

「さ、さすがにそれは無理だよ」

「はあ？　うちらの言うことが聞けないってわけ？」

「………」

「なに黙《だま》ってんだよ。早く行けって！」

渋《しぶ》っている早苗先輩《さなえせんぱい》を見て、ひとりの女子が勢《いきお》いよく背中《せなか》を押《お》した。突《つ》き飛《と》ばされた早苗先輩《さなえせんぱい》が、道路に飛び出す。歩行者用の信号は、まだ赤だ。トラックのクラクションが激《はげ》しく鳴らされる。

「さ、早苗先輩《さなえせんぱい》……っ！」

その時、なにかが早苗先輩《さなえせんぱい》のもとへと駆《か》け寄《よ》った。それは、神々《こうごう》しく体を光らせたみるくだった。その小さな体から、アルファベットが溢《こぼ》れ落《お》ちる。

I・M・G・W・A・R・I・A

「み……が、わ、り？　みるくの体の中にいる怪異《かいい》はミガワリ？」

18番目の怪異《かいい》【ミガワリ】
解説《かいせつ》：好きな人の身代わりになる

キキイイイ――――。
トラックのブレーキ音が鳴《な》り響《ひび》く。早苗先輩《さなえせんぱい》は間一髪《かんいっぱつ》のところで助かった。けれど、みるくは……もうそこにはいなかった。

後日。早苗先輩《さなえせんぱい》は、みるくのことを探《さが》し続《つづ》けていた。あの時、早苗先輩《さなえせんぱい》もみるくが車道に飛び出してきたところを見たらしいが、その姿《すがた》がどこにもないから幻《まぼろし》だったのではないかと思っているそうだ。あれは幻《まぼろし》じゃなくて、たしかにみるくだった。そして、みるくは早苗先輩《さなえせんぱい》の身代わりになった。

「希子《きこ》ちゃん。やっぱりみるく、どこにもいないよ……」

本当のことを話すことはできないけれど、どうしてみるくが身代わりになっていたのか、私《わたし》にはその理由がわかる気がした。

「早苗先輩《さなえせんぱい》、これからは自分のことをたくさん大切にしてくださいね」

みるくは早苗先輩《さなえせんぱい》のことが好きだった。大切だった。だから、傷《きず》ついてほしくなかったのだと思う。早苗先輩《さなえせんぱい》は私《わたし》の言葉に少し驚《おどろ》いていたけれど、こくりと頷《うなず》いてくれた。

「ありがとう、希子《きこ》ちゃん。……私《わたし》ね、実は友達ができたんだ。あ、できたっていうか、ちゃんと話すことができたって言ったほうがいいかな」

早苗先輩《さなえせんぱい》はあの事故《じこ》がきっかけで、同じ小学校だったという女の子と仲直りすることができたらしい。

「昔から自分の気持ちを言うのが苦手で、いつもヘラヘラ笑ってごまかしてたけど、これからは嫌《いや》なことは嫌《いや》だって言える自分になろうと思ってる」

「早苗先輩《さなえせんぱい》なら、できますよ」

「うん、ありがとう」

みるくはもう、早苗先輩《さなえせんぱい》の前には現《あらわ》れない。「ひとりぼっちの仲間」を失うことになったけれど……きっと、今の早苗先輩《さなえせんぱい》なら大丈夫《だいじょうぶ》だ。

「ねえ、夜先輩《よるせんぱい》。みるくは今どこにいるんでしょうか」

早苗先輩《さなえせんぱい》を見送って、部室の窓《まど》に寄《よ》りかかる。制服《せいふく》に白いものが付いている気がして手に取ったら、それはみるくの毛だった。

「猫《ねこ》は死期が近づくと姿《すがた》を消すと言われている。ちゃんと自分で選んだ場所にいるさ」

「……私《わたし》、思うんです。みるくは怪異《かいい》に取《と》り憑《つ》かれたんじゃなくて、自分でお願いしたんじゃないかって」

「さあな。でも本当にそうだとしたら、悪い怪異《かいい》ばかりじゃねーのかもな」

みるく。早苗先輩《さなえせんぱい》のことは心配しなくていいよ。
今は暖《あたた》かい場所で、ゆっくりゆっくり休んでね。

【十話】飽《あ》きる怪異《かいい》

部活終わりの帰り道。名前を呼《よ》ばれて振《ふ》り返《かえ》ると、同じ小学校だった美山奈穂《みやまなほ》ちゃんがいた。

「希子《きこ》ちゃーん！」

「え、奈穂《なほ》ちゃん？　久《ひさ》しぶり！」

「うん、久《ひさ》しぶり！　元気だった？」

「元気だったよー！　奈穂《なほ》ちゃんも元気そうでよかった！」

奈穂《なほ》ちゃんとは小学四年生まで同じクラスで、教室が分かれてしまったあとも一緒《いっしょ》に委員会をやったりしていた。学区違《ちが》いで中学は別々《べつべつ》になってしまったけれど、私《わたし》にとっては今でも大切な友達だ。

そんな奈穂《なほ》ちゃんは男子から人気がある女の子で、クラスで一番可愛《かわい》い女子は誰《だれ》？　という話になると、必ず奈穂《なほ》ちゃんの名前が挙がるほどだった。

「なんか奈穂《なほ》ちゃん……」

「え、な、なになに？」

「可愛《かわい》いだけじゃなくて、大人《おとな》っぽくなった気がする！」

トレードマークだったおだんご結びをやめて、髪《かみ》の毛《け》を下ろしているからだろうか。小学校を卒業してまだ数か月なのに、奈穂《なほ》ちゃんはますます魅力的《みりょくてき》な女の子になっていた。

「ありがと、希子《きこ》ちゃんにそう言ってもらえると嬉《うれ》しいな。……あのね、実は彼氏《かれし》ができたんだ」

「か、彼氏《かれし》……！」

「希子《きこ》ちゃんだけには報告《ほうこく》しようと思ってたんだけど、色々《いろいろ》とバタバタしちゃって」

「ううん、教えてくれてありがとう！　彼氏《かれし》さんは同い年？」

「二個上《こ》だから、相手は中三だよ。うちらが一緒《いっしょ》に写ってる写真を見せたら、希子《きこ》ちゃんのことは何回か校舎《こうしゃ》で見たことがあるって言ってた」

「え、校舎《こうしゃ》？」

「うちの彼氏《かれし》、宵中《よいちゅう》の三年生なんだ」

「ええっ、そうなの⁉」

奈穂《なほ》ちゃんから写真を見せてもらったら、スマホの画面にはバスケ部のキャプテンを務《つと》めている黒川大智先輩《くろかわたいちせんぱい》が写っていた。たしか黒川先輩《くろかわせんぱい》って、すごくモテる人だったはず。学校でもすごく目立っているし、クラスの女子がカッコいいと言っているのも聞いたことがある。

「黒川先輩《くろかわせんぱい》、宵中《よいちゅう》でも人気だし私《わたし》も知ってるよ！　ふたりはどうやって仲良くなったの？」

「共通の知り合いがいて、そこから連絡《れんらく》を取るようになったんだ。大智《たいち》くん、すっごくマメでいつも寝《ね》る前に電話をくれるの。もうすぐ二か月記念日だからなにかお祝いをしたいねって話してて」

奈穂《なほ》ちゃんの嬉《うれ》しい報告《ほうこく》を聞くだけで、私《わたし》も嬉《うれ》しくなる。黒川先輩《くろかわせんぱい》の話をしている奈穂《なほ》ちゃんはいつも以上に可愛《かわい》くて、幸せそうだった。

「松井《まつい》さん」

次の日の朝。学校の昇降口《しょうこうぐち》で三年生に声をかけられた。

「え、わ、黒川先輩《くろかわせんぱい》……！」

先輩《せんぱい》は奈穂《なほ》ちゃんから昨日のやり取りを聞いたそうで、わざわざ挨拶《あいさつ》するために、一年一組のシューズロッカーの前で私《わたし》のことを待っていてくれたらしい。

「奈穂《なほ》からよく話は聞いてるよ。校舎《こうしゃ》で会うこともあるだろうから、これから色々《いろいろ》とよろしくね」

「こ、こちらこそです！」

黒川先輩《くろかわせんぱい》はカッコいいだけじゃなくて、すごくいい人だった。さすが奈穂《なほ》ちゃんの彼氏《かれし》！　なんて、頬《ほお》を緩《ゆる》ませていたら……。

「朝からすげえイケメンと喋《しゃべ》ってんじゃん」

「わっ！」

私《わたし》の後ろからひょっこり夜先輩《よるせんぱい》が顔を出した。思わず声を上げてしまったけれど、黒川先輩《くろかわせんぱい》は変な顔をしないで笑ってくれた。

「なるほど。あのイケメンがお前の友達の彼氏《かれし》ってわけか」

黒川先輩《くろかわせんぱい》と別れたあと、私《わたし》は夜先輩《よるせんぱい》に経緯《けいい》を説明した。

「黒川先輩《くろかわせんぱい》、顔がいいだけじゃなくて中身も優《やさ》しくて、素敵《すてき》な人でした」

「優《やさ》しくてカンペキな彼氏《かれし》ねえ。あれは相当モテるぞ。お前の友達、捨《す》てられないといいな」

「ちょっと、縁起《えんぎ》でもないことを言わないでくださいよ！　黒川先輩《くろかわせんぱい》は奈穂《なほ》ちゃん一筋《ひとすじ》なので心配はいらないです」

奈穂《なほ》ちゃんに黒川先輩《くろかわせんぱい》がわざわざ挨拶《あいさつ》してくれたことをメッセージで伝えたら、返事と一緒《いっしょ》にＵＲＬが送られてきた。なんだろうと開いてみると、それは黒川先輩《くろかわせんぱい》と奈穂《なほ》ちゃんが撮影《さつえい》されている動画だった。どうやらふたりはＳＮＳにカップル動画を上げているみたいで、奈穂《なほ》ちゃんたちのことを応援《おうえん》しているフォロワーもかなりの数いた。

いつの間にかふたりの動画を観《み》ることが楽しみになり、早く新作がアップされないかな？　なんて、ファンとして心待ちにしていたある日。私《わたし》のスマホに奈穂《なほ》ちゃんから電話がかかってきた。

『うう、希子《きこ》ちゃん、うちら別れるかも……』

「えっ！」

詳《くわ》しい話を聞くと、前触《まえぶ》れもなく黒川先輩《くろかわせんぱい》の態度《たいど》が素《そ》っ気《け》なくなり、理由を尋《たず》ねたら「飽《あ》きたかも」と言われてしまったらしい。

『喧嘩《けんか》したわけでもないし、今週の日曜もデートの約束をしてたんだよ。それなのになんで……』

奈穂《なほ》ちゃんが泣いているのは、電話越《ご》しでも伝わってきた。私《わたし》はどういう言葉をかけたらいいのかわからなくて、慰《なぐさ》めることも、励《はげ》ますこともできなかった。

『大智《たいち》くん、他に好きな人ができたのかな……』

「そ、それはないんじゃないかな。私《わたし》に挨拶《あいさつ》してくれた時も奈穂《なほ》ちゃんのことをすごく大事にしてるんだろうなって伝わってきたよ」

『大智《たいち》くんが飽《あ》きたなんて言う人じゃないからこそ、絶対《ぜったい》に理由があるはずなんだ』

たしかに黒川先輩《くろかわせんぱい》は誠実《せいじつ》な人に見えたし、動画でもふたりは本当に仲良しだった。

『希子《きこ》ちゃん。私《わたし》、大智《たいち》くんの本当の気持ちを知りたい。そのために……協力してもらえないかな？』

奈穂《なほ》ちゃんからの頼《たの》みを断《ことわ》ることができずに、私《わたし》は黒川先輩《くろかわせんぱい》の心変わりの原因《げんいん》を調査《ちょうさ》することになった。

「俺《おれ》らはいつから探偵倶楽部《たんていくらぶ》になったんだよ？」

私《わたし》は夜先輩《よるせんぱい》と柱の陰《かげ》から、黒川先輩《くろかわせんぱい》の動向を観察していた。人当たりがいいと思っていた黒川先輩《くろかわせんぱい》だけど、友達と話している時に飽《あ》きたからと突然《とつぜん》席を立ったり、バスケ部の練習中も頻繁《ひんぱん》に抜《ぬ》け出《だ》してサボっている。

「く、黒川先輩《くろかわせんぱい》って、実は不良だったんでしょうか……？」

「単に飽《あ》き性《しょう》なだけじゃねーの？」

「でも黒川先輩《くろかわせんぱい》はバスケ部のキャプテンですし、奈穂《なほ》ちゃんも真面目《まじめ》に部活に取り組んでいる姿《すがた》を見て好きになったって言ってましたよ。そんな急に性格《せいかく》が変わったりしますか？」

奈穂《なほ》ちゃんのことだけではなく、黒川先輩《くろかわせんぱい》はすべてにおいて無気力になっている気がする。しばらく中庭でぼんやりしていた黒川先輩《くろかわせんぱい》だったが、それにも飽《あ》きてしまったみたいで、また場所を移動《いどう》し始めた。見失わないように追いかけようとしたら、黒川先輩《くろかわせんぱい》が歩いた場所に水色の足跡《あしあと》が付いていることに気づいた。

なんだろう……ペンキ？

指で触《さわ》ってみると、ネバネバしていて気持ち悪かった。

「よ、夜先輩《よるせんぱい》。なんか変なものを触《さわ》ってしまいました～っ」

水色のなにかは黒川先輩《くろかわせんぱい》の上履《うわば》きの底にねっちょりと付いている。ベタベタしているからすぐ気づくはずなのに、黒川先輩《くろかわせんぱい》はおろか、他の人も平気で水色の足跡《あしあと》を踏《ふ》んでいた。

「これはスライムでしょうか？　私《わたし》、小学校の時に手作りのスライムを夏休みの自由研究で作ったことがあります。洗濯《せんたく》のりを使うんですけど、びよーんって伸《の》びるんですよ」

「アレがびよーんって伸《の》びるだけのスライムに見えるか？」

廊下《ろうか》に付いていた水色の足跡《あしあと》は、まるで磁石《じしゃく》のようにひとつにまとまったあと、黒川先《くろかわせん》輩《ぱい》の靴底《くつぞこ》にある液体《えきたい》と融合《ゆうごう》した。

「う、動いた⁉　周りの人には見えてないみたいですし、まさか……」

「その、まさかだな」

その時、私《わたし》のスマホに奈穂《なほ》ちゃんからメッセージが届《とど》いた。

【希子《きこ》ちゃん。私《わたし》、やっぱり大智《たいち》くんと別れたくない】

【協力して、なんてお願いしちゃったけど、本人に直接《ちょくせつ》、私《わたし》に飽《あ》きたっていう理由を聞いてみようと思う】

奈穂《なほ》ちゃんは今日の放課後、黒川先輩《くろかわせんぱい》と話し合いをするために学校近くの公園で会う約束をしているそうだ。黒川先輩《くろかわせんぱい》が変わってしまったのは、怪異《かいい》が原因《げんいん》で間違《まちが》いない。

「大智《たいち》くん。もしも好きな人ができたなら、はっきりそう言ってほしい」

怪異《かいい》を封印《ふういん》するために、私《わたし》は夜先輩《よるせんぱい》と一緒《いっしょ》に公園の隅《すみ》で待機していた。

奈穂《なほ》ちゃんと黒川先輩《くろかわせんぱい》は、ふたりがけのベンチに腰《こし》かけている。それほど広い公園ではないので、会話の内容《ないよう》もうっすら聞こえてくる。こんなふうに盗《ぬす》み聞《ぎ》きしちゃいけないってわかっているけれど、少しでも早く奈穂《なほ》ちゃんに笑顔《えがお》が戻《もど》ってほしいし、黒川先輩《くろかわせんぱい》の心を変えてしまった怪異《かいい》をなんとかしたかった。

「好きな人なんて、できてない」

「でも、私《わたし》に飽《あ》きたんでしょ……？」

「うん」

「じゃあ、別れるってこと？」

「俺《おれ》は奈穂《なほ》と別れたくない」

「じゃあ、なんで飽《あ》きたなんて言うの？」

「わからない。俺《おれ》にもわからないんだ……」

奈穂《なほ》ちゃんの追及《ついきゅう》に、黒川先輩《くろかわせんぱい》が苦しみ始めた。足元から現《あらわ》れた水色の怪異《かいい》は、変幻自《へんげんじ》在《ざい》に形を変えることができるようで、大きな口になって黒川先輩《くろかわせんぱい》を飲《の》み込《こ》もうとしている。

N・R・A・M・N・E・I

「夜先輩《よるせんぱい》、やっとアルファベットが出ました！」

「シンプルに飽《あ》きるって名前もありそうだと思ったけど、違《ちが》うみたいだな」

「Aはあるけど、Kはないですね。飽《あ》きる……飽《あ》きるって別の言い方があったような……？」

「ま、ね、ん、り……」

「まねんり？　あ、MANNERI。この怪異《かいい》の名前はマンネリですよ！」

「おい、俺《おれ》の手柄《てがら》を取るな」

27番目の怪異《かいい》【マンネリ】
解説《かいせつ》：新鮮味《しんせんみ》がないものにすぐ飽《あ》きてしまう

それから数日後。怪異《かいい》を封印《ふういん》したことで、奈穂《なほ》ちゃんと黒川先輩《くろかわせんぱい》は無事に仲直りをした。

SNSの動画投稿《とうこう》も続けていて、今ではさらにフォロワーを増《ふ》やし続《つづ》けている。

「夜先輩《よるせんぱい》、見てください！　私《わたし》、ふたりのファンになってしまって、コメントをするためにアカウントも作っちゃいました！」

意気揚々《いきようよう》とスマホの画面を見せると、部室でアイスを食べていた夜先輩《よるせんぱい》は「興味《きょうみ》ねーな」と、そっぽを向いた。

「なんでそんなこと言うんですか！　一緒《いっしょ》に幸せのお裾分《すそわ》けをしてもらいましょうよ」

「そんなの分けてもらったって、腹《はら》の足しにもならないだろ」

「お腹《なか》じゃなくて、心を満たすんです！　ほら、奈穂《なほ》ちゃんたちの動画、再生数《さいせい》も本当にすごくて、憧《あこが》れのカップルとしてちょっとした有名人になってるんですから」

「そんなの今だけだって」

「わあ……ひねくれてる」

「今さら気づいたか」

「もしかして夜先輩《よるせんぱい》は、甘《あま》いものしか興味《きょうみ》がないんですか？　というかいつも甘《あま》いものばっかり食べて飽《あ》きません？」

「俺《おれ》はこう見えて一途《いちず》なんだよ、覚えとけ」

十一話 本の世界に連れていく怪異《かいい》

「……わっ、ご、ごめんなさい。大丈夫《だいじょうぶ》ですか？」

ぼんやり廊下《ろうか》を歩いていたら、同級生の女の子とぶつかってしまった。

「大丈夫《だいじょうぶ》だよ。私《わたし》こそごめんなさい」

三組の原田藍子《はらだあいこ》さんは、たくさんの本を抱《かか》えていた。これから図書室へと返却《へんきゃく》しにいくというので、ぶつかってしまったお詫《わ》びに、私《わたし》は本を半分持たせてもらって同行することにした。

「ありがとう。えっと、たしか一組の……」

「松井希子《まついきこ》だよ」

「松井《まつい》さん、あらためてよろしくね」

休み時間の図書室に他の生徒の姿《すがた》はなかった。うちの学校にはホームルームが始まる前に、朝の読書の時間が十分間ある。自分の好きな本を読んでいいことになっていて、私《わたし》も朝読のために購入《こうにゅう》した小説を開いてはいるけれど、活字が苦手すぎて読んでいるふうを装《よそお》って、別の考え事をして過《す》ごすことが多い。だから、図書室も滅多《めった》に利用することはないが、原田《はらだ》さんが借りたという本はとても分厚《ぶあつ》くて、私《わたし》じゃとても読みきれそうにないものばかりだった。

「原田《はらだ》さんって、本が好きなんだね！」

「うん。好きすぎて、図書委員会にも入ってるよ」

「そうなんだ。本のどんなところがいいの？　あ、今のはちょっと聞き方が悪かったかもしれないけど、私《わたし》にも本の魅力《みりょく》を教えてほしいなって！」

「本はどんな世界でも連れていってくれるし、自分が主人公になったような気持ちにさせてくれるの」

「どんな世界でも、かー。その考え方すごく素敵《すてき》だね」

「松井《まつい》さんは普段《ふだん》、どんな本を読むの？」

「実はあんまり読まないんだ。童話とかなら好きなんだけど、字がいっぱいあると眠《ねむ》くなっちゃって……」

「でも、いつも持ち歩いてる本があるよね？」

「え？」

「ほら、洋書っぽい見た目の……」

「あ、あれね、辞書なの！　読むっていうより調べてるって感じだからいつも持ち歩いてるんだよね！」

か、怪異《かいい》が載《の》っている事典なんて言えない……。

「そうだったのね。童話が好きなら図書室にもたくさんあるよ。松井《まつい》さんさえ良かったら、おすすめの本を教えることもできるけど」

「本当に？　うん、教えてほしい！」

「もうすぐ始業時間だから、あとで教えるね。今日の放課後はどうかな？」

「うん、大丈夫《だいじょうぶ》。じゃあ、図書室で待ち合わせしよう！」

約束の放課後。帰りのホームルームが終わってすぐ図書室に向かったけれど、そこに原《は》田《ら》《だ》さんの姿《すがた》はなかった。先生の話が少し長引いて遅《おそ》くなったから、もう来ないと思って帰ってしまったんだろうか……。

行《い》き違《ちが》いになったら嫌《いや》だと思って、図書室の中をぶらぶらしながら待っていると——。

「部活を無断《むだん》欠席するとは、いい度胸《どきょう》してるじゃねーか」

「ひゃっ、よ、夜先輩《よるせんぱい》。どうしてここにいるんですか？」

「なかなかお前が来ないから探《さが》しにきたんだよ」

私《わたし》は原田《はらだ》さんにおすすめの本を教えてもらってから部活に行こうと思っていたことを説明した。

「んで、その原田《はらだ》はどこにいるんだよ？」

「それがいないんですよ」

「ドタキャンされてやんの」

「原田《はらだ》さんはそんなことをする子じゃないですよ。もしかしたら、急な用事ができてしまったのかも……」

私《わたし》が遅《おそ》くなったせいかもしれないし、明日は登校したらすぐ三組に行って原田《はらだ》さんに声をかけよう！


「え、原田《はらだ》さん？　今日は学校に来てないみたいだけど」

次の日、原田《はらだ》さんは教室にもいなかった。クラスの人に聞いてみても朝から姿《すがた》を見ていないそうで、担任《たんにん》の先生いわく無断《むだん》欠席しているらしい。

「原田《はらだ》さんのカバンはあるみたいなんだけど……」

クラスメイトの人が教えてくれた原田《はらだ》さんの机《つくえ》の横には、たしかにスクールバッグがかけられている。カバンがあるってことは、出席はしてないけど学校には来てるってこと？

ううん、誰《だれ》も姿《すがた》を見ていないってことは、おそらく教室にも入っていない。じゃあ、なんで原田《はらだ》さんのカバンがあるんだろう。もしかして……。

嫌《いや》な予感がして、ある場所に向かおうとしたら、曲がり角で夜先輩《よるせんぱい》と鉢合《はちあ》わせをした。

「おいおい、そんなに慌《あわ》ててどうしたんだよ?」

「夜先輩《よるせんぱい》、原田《はらだ》さんは昨日帰ってしまったんじゃなくて、〝帰っていない〟のかもしれません」

「どういうことだ?」

「……今日、学校で原田《はらだ》さんの姿《すがた》を見た人は誰《だれ》もいないのにカバンが残ったままなんです」

「つまり、原田《はらだ》は昨日から校舎《こうしゃ》の中で行方不明《ゆくえふめい》になっていると?」

「確信《かくしん》はないですが、そうとしか考えられなくて……」

だって原田《はらだ》さんが無断《むだん》欠席するとは思えないし、おすすめの本を教えてくれるという約束だって、なにも言わずに破《やぶ》るはずがない。

「校内で原田《はらだ》がいる場所として考えられるのは、ひとつしかないな」

夜先輩《よるせんぱい》の言葉に、私《わたし》は強く頷《うなず》いた。原田《はらだ》さんがいるとしたら、昨日待ち合わせをしていた図書室だ。

先輩《せんぱい》と図書室を隈《くま》なく探《さが》していると、本棚《ほんだな》がある通路にグリム童話・赤ずきんの本が落ちていた。なぜか紫色《むらさきいろ》に発光しているその本を拾おうとしたら、夜先輩《よるせんぱい》に手を掴《つか》まれた。

「やめとけ。こいつは怪異《かいい》だ」

「え、本に怪異《かいい》が取《と》り憑《つ》いているということですか？」

「ああ、お前は触《さわ》るな。俺《おれ》が代わりに開く」

そう言って夜先輩《よるせんぱい》が本に触《ふ》れた。ゆっくりページを開くと、そこには衝撃的《しょうげきてき》な光景が広がっていた。

「え、は、原田《はらだ》さんっ⁉」

なんと赤ずきんのイラストが原田《はらだ》さんの顔に変わっていたのだ。

「こ、これはどういうことですか？」

「おそらく本に飲《の》み込《こ》まれたんだ」

「飲《の》み込《こ》まれた？　じゃあ、原田《はらだ》さんは本の世界に入ってしまったということですか？」

「ああ」

自力で出てくることは不可能《ふかのう》らしく、原田《はらだ》さんを本から救う方法は、怪異《かいい》を封印《ふういん》するしかなかった。

「原田《はらだ》さん、待ってて！　すぐにそこから出してあげるから！」

本に向かって叫《さけ》ぶと、中から原田《はらだ》さんの声がした。

「松井《まつい》さん、私《わたし》は大丈夫《だいじょうぶ》だからなにもしないで」

「な、なにもしないでって……」

「本の世界に行くことを望んだのは私《わたし》自身だから」

「え……」

「同級生の誰《だれ》にも話したことはないんだけど、うちは六人きょうだいなの。私《わたし》は長女で下に妹と弟がいて、来月には赤ちゃんが産まれる。家族のことは大好きだけど、お姉ちゃんとして妹たちの面倒《めんどう》を見ることに疲《つか》れちゃう日もあって、そんな時にはいつも読書をして気を紛《まぎ》らわせてた」

本だけが原田《はらだ》さんの癒《い》やしになっていたこと。それなのに、その大切な読書時間さえも家族に奪《うば》われるようになってきて、辛《つら》い気持ちが募《つの》ってしまったのだという。

「本を開けば家族のためじゃなくて、自分の物語に浸《ひた》ることができる」

「……だから、ずっと本の中にいたいの？」

「現実逃避《げんじつとうひ》だってわかってるし、笑われても仕方ないと思ってる」

「笑わないよ！　逃《に》げるのは悪いことじゃないもん。だけど、原田《はらだ》さんはそれでいいの？」

本の世界は自由かもしれないけど、一緒《いっしょ》に泣いたり、笑ったりしてくれる人はそこにいないよ」

「それでも、ここにいれば私《わたし》は主人公になれる」

「本の世界じゃなくても、原田《はらだ》さんは主人公になれるよ！」

私《わたし》には原田《はらだ》さんの大変さはわからない。だけど、私《わたし》は原田《はらだ》さんに会えなくなったら寂《さび》しい。

「……現実《げんじつ》では主人公にはなれないよ。私《わたし》は学校でもモブキャラだし、家族の中でも脇役《わきやく》だから」

「そんなことない！　この瞬間《しゅんかん》も原田《はらだ》さんは自分の物語の主人公だよ！」

「自分の物語……？」

「現実《げんじつ》は本の世界みたいに思いどおりにはいかないかもしれないけど、自分の物語をどんなふうにしていくかは、原田《はらだ》さんが決めていいんだよ！」

「でも……」

「私《わたし》は原田《はらだ》さんの味方だよ！　もう勝手に友達だと思ってるから！」

「……松井《まつい》さん。私《わたし》、ここから出たい。本の中じゃなくて、ちゃんと現実《げんじつ》の世界で主人公になって幸せになりたいっ！」

原田《はらだ》さんが叫《さけ》んだ瞬間《しゅんかん》、本からアルファベットが飛び出してきた。

B・O・T・G・A・I・S・O・A・I・N

「やっと名前のヒントが出てきたぞ」

「で、でも夜先輩《よるせんぱい》、今回はアルファベットが多いです……」

「狼狽《うろた》えるな。どうして原田藍子《はらだあいこ》は本の世界に入ることを望んだ？」

「それは現実《げんじつ》より本の中のほうが夢《ゆめ》の世界だから？」

「そう。現実《げんじつ》はメルヘンなストーリーばかりじゃない。でも、この怪異《かいい》がその気持ちを利用するやつだとしたら？」

本の世界。メルヘンなストーリー。

「O、T、O……おと？　あ、OTOGIBANASI。この怪異《かいい》はオトギバナシ！」

12番目の怪異《かいい》【オトギバナシ】
解説《かいせつ》：本の世界に連れていく

怪異《かいい》を封印《ふういん》してから一週間後――。私《わたし》は原田《はらだ》さんから勧《すす》めてもらった本を抱《かか》えながら、むくれていた。

「なんだよ、その顔」

夜先輩《よるせんぱい》からツッコまれて、私《わたし》はますます口を尖《とが》らせる。原田《はらだ》さんが勧《すす》めてくれた本の貸出期間《かしだし》は今日までだ。図書委員の担当日《たんとうび》だという原田《はらだ》さんは受付をしていて、放課後に返しにいく約束をしていた。

「本が気に入りすぎて返したくないってか」

「もうっ、違《ちが》いますよ！　原田《はらだ》さんを本の中に連れていった怪異《かいい》を無事に封印《ふういん》できたのはよかったんです。よかったんですが、怪異《かいい》を封印《ふういん》すると取《と》り憑《つ》かれていた間の記憶《きおく》がすっぽり消えちゃうじゃないですか」

「めちゃくちゃ都合がいいよな。そのおかげで怪異《かいい》が与《あた》えた影響《えいきょう》もまるっとなかったことにできるし」

「全然よくないですよ。だって、私《わたし》が原田《はらだ》さんに友達宣言《せんげん》したこともなかったことになってるんですから」

「ああ、なるほど。だから読み終えた本の返却《へんきゃく》を渋《しぶ》ってるってわけか」

「だって、返したら原田《はらだ》さんとの交流が終わっちゃうかもしれないし……」

またおすすめの本を教えてって言えば次の約束ができるけれど、原田《はらだ》さんに頼《たの》み事《ごと》ばかりしたくない。私《わたし》はこんなに深刻《しんこく》なのに、夜先輩《よるせんぱい》は呆《あき》れたようにため息をついた。

「自分で言った言葉も忘《わす》れたのか？」

「え？」

「自分の物語をどんなふうにしていくかは松井次第《まついしだい》なんだろ」

「わ、忘《わす》れてませんよ！」

「じゃあ、やることは決まってる。うだうだと悩《なや》んでないで二回目の友達宣言《せんげん》しにいくぞ」

「はい……！」

【十二話】

偽物《にせもの》の怪異《かいい》

「はあ？　怪異《かいい》百科事典を失《な》くした⁉」

ある日の放課後。夜先輩《よるせんぱい》の声が怪活倶楽部《かいかつくらぶ》の部室で響《ひび》いた。

「なにかあるといけないので、いつも本は肌身離《はだみはな》さず持ち歩いているんですが、今日は教室移動《いどう》が多くて……」

「盗《ぬす》まれたのか？」

「……いえ、どこかに置いてきてしまったようです」

理科室、音楽室、家庭科室。授業《じゅぎょう》で使った教室はすべて確認《かくにん》したけれど、本はどこにも見当たらなかった。

「落とし物で届《とど》けられてないのか？」

「それも先生に確認《かくにん》しました。だけど、本の落とし物は届《とど》いてないって……。夜先輩《よるせんぱい》、どうしましょう？」

仮《かり》に百科事典が捨《す》てられたとしても、燃《も》やしたり、破《やぶ》ったりすることはできないから、本が傷《きず》つくことはない。だけど……。

「もしも拾ったやつが本を開いたら、松井《まつい》は所有者ではなくなる。つまり、所有権《しょゆうけん》が移《うつ》っちまうってことだ」

「所有者じゃなくなったら、どうなるんですか？」

「どうもならねーよ。怪異《かいい》が視《み》えなくなって普通《ふつう》の生活に戻《もど》るだけだ」

「怪異《かいい》が視《み》えなくなるってことは、夜先輩《よるせんぱい》のことも……」

「もちろん認識《にんしき》できなくなる」

先輩《せんぱい》のことが視《み》えなくなるなんて、絶対《ぜったい》に嫌《いや》だ。それに怪異《かいい》集めも最初は不安だったけれど、最近は慣《な》れてきてやりがいも感じてきたところだ。

もしも本当に本の所有者が代わってしまったら……夜先輩《よるせんぱい》と怪活倶楽部《かいかつくらぶ》の活動もできなくなってしまう。そうなったらどうしようって思ったら、急に足元がふらついた。

「おい、大丈夫《だいじょうぶ》かよ？」

「す、すみません。ちょっとだけ眩暈《めまい》がしちゃって……」

「熱はないな。また呪《のろ》いの影響《えいきょう》かもしれないから、ちょっと休め」

「いえ、今回は完全に私《わたし》の責任《せきにん》なので、一刻《いっこく》も早く怪異《かいい》百科事典を見つけます！」

誰《だれ》かが本を開いてしまう前に……と意気込《いきご》んでいたけれど、怪異《かいい》百科事典は次の日の学校であっさり見つかった。

本を持っていたのは、三組の猪口《いのぐち》くんという男子生徒だ。

『変なものを拾った！』と廊下《ろうか》で友達に見せびらかしていて、私《わたし》はすぐに自分のものだから返してほしいと伝えた。これで一件落着《いっけんらくちゃく》だと安心したのも束《つか》の間《ま》、猪口《いのぐち》くんから返ってきた言葉は予想外のものだった。

「この本がお前のだっていう証拠《しょうこ》はあるのかよ？」

「しょ、証拠《しょうこ》はないけど、私《わたし》がいつも大事にしてる本なの」

「大事にしてる、ねえ。じゃあ、取引をしよう。俺《おれ》の言うことをなんでも聞いてくれるなら、この本を返してやるよ」

「そ、そんな……」

猪口《いのぐち》くんはおそらくまだ本を開いていない。理不尽《りふじん》な要求だとわかっていたけれど、ここで断《ことわ》ったらなにをするかわからないし、ひとまず受け入れることにした。

「わかった。だけど、その本は絶対《ぜったい》に開かないって約束して」

「？　まあ、別にいいけど」

猪口《いのぐち》くんは首を傾《かし》げながらも、本を開かないことは約束してくれた。あとはお願いごとをひとつふたつ叶《かな》えたら、すぐに返してもらえると思っていたのに、その日から私《わたし》はパシリのように扱《あつか》われた。

『あれ持ってこい』『これ取ってこい』『ダルいから俺《おれ》の宿題全部やって』猪口《いのぐち》くんの要求は、日に日にわがままになっていった。

「俺《おれ》が猪口《いのぐち》をシメてやろーか？」

「よ、夜先輩《よるせんぱい》ダメですよ。私《わたし》が怪異《かいい》百科事典を置《お》き忘《わす》れたのが悪いんですから」

本のために我慢《がまん》しよう。きっともうすぐ返してくれるだろうと耐《た》えていたが、度重《たびかさ》なる猪口《いのぐち》くんの言動に私《わたし》じゃなくて周りが抗議《こうぎ》してくれるという、予想外の展開《てんかい》が起きた。

「ちょっと、希子《きこ》をいじめるのはやめてよ！」

「そうだよ。私《わたし》の大事な友達にひどいことをしないで」

真由《まゆ》だけじゃなくて、猪口《いのぐち》くんと同じクラスの原田《はらだ》さんも注意してくれた。

「な、なんだよ。お前らには関係ないだろ！　俺《おれ》は松井《まつい》と契約《けいやく》したうえで、平等な取引をしてるんだよ。な？」

「う、うん……」

猪口《いのぐち》くんの機嫌《きげん》を損《そこ》ねたら、本を開かないという約束も守ってもらえないかもしれない……。周りがいくら咎《とが》めても猪口《いのぐち》くんは動じない。むしろみんなから注目を浴びて嬉《うれ》しそうだった。

「おい、松井《まつい》。この本ってバケモノのことが載《の》ってるんだろ？」

帰りのホームルームが終わったあと、日直の仕事で教室に残っていた私《わたし》のもとに猪口《いのぐち》くんがやってきた。

「バ、バケモノ……？」

「本の表紙に書いてある怪異《かいい》百科事典。怪異《かいい》ってバケモノのことじゃん」

その言葉を聞いて、私《わたし》よりも先に眉《まゆ》をひそめた人物がいた。

「やっぱりこいつシメとくか」

それは私《わたし》の日直が終わるのを隣《となり》で待っていた夜先輩《よるせんぱい》だ。たしかに怪異《かいい》という単語を調べると、バケモノという意味合いも出てくる。だけど、こんな言い方をされたら私《わたし》もあまりいい気分はしない。

「なんでこんな気味が悪いものを持ってるんだよ？」

「……猪口《いのぐち》くんには関係ないよ」

「ふーん。まあ、俺《おれ》も宵中《よいちゅう》でバケモノを見たことがあるけどな」

「え、猪口《いのぐち》くんも怪異《かいい》が視《み》えるのっ⁉」

「視《み》えるよ。宵中《よいちゅう》には目が合っただけで石にさせられるバケモノがいるんだ。外国ではメデューサ、なんて言ったりもするらしい」

「石にする怪異《かいい》……」

「そのバケモノに会いたいか？」

「居場所《いばしょ》を知ってるの？」

「ああ」

本から逃《に》げ出《だ》した怪異《かいい》かもしれないと思って、私《わたし》は猪口《いのぐち》くんにその場所を案内してもらった。彼《かれ》が足を止めたのは、授業《じゅぎょう》で使う道具が置かれている教材室だった。

「バケモノはこの中にいるぜ」

ゴクリと息を呑《の》む。おそるおそる教材室に入って確認《かくにん》したけれど、怪異《かいい》の姿《すがた》はいない。

——バンッ！

すると、部屋の扉《とびら》が勢《いきお》いよく閉《し》まった。

「うわあ、バケモノが来た！」

外から猪口《いのぐち》くんの叫《さけ》び声《ごえ》がした。教材室の扉《とびら》に手をかけて開けようとしても、なぜか鍵《かぎ》がかけられていてビクともしない。

「い、猪口《いのぐち》くん、大丈夫《だいじょうぶ》っ⁉」

「バケモノのことは俺《おれ》が引き付けるから、松井《まつい》はしばらくそこにいろ！」

「え、でもそれじゃ猪口《いのぐち》くんが……」

バタバタと猪口《いのぐち》くんの足音が遠ざかっていく。

バケモノが出たって、まさか石にする怪異《かいい》？

猪口《いのぐち》くんがおとりになってくれたけれど、もしも取《と》り憑《つ》かれてしまったら大変だ……！

「よ、夜先輩《よるせんぱい》、どうしましょう？」

私《わたし》と一緒《いっしょ》に教材室の中にいた先輩《せんぱい》に相談したら、深いため息をつかれた。

「だからお前は猪口《いのぐち》にナメられるんだよ」

「え、どういうことですか？」

「本当に怪異《かいい》が現《あらわ》れたと思ってんのか？　だとしたら、なんであいつは扉《とびら》の鍵《かぎ》を閉《し》めるんだよ？」

「それは……部屋に怪異《かいい》が入《はい》り込《こ》まないようにしてくれたとか？」

「頭ん中、お花畑かよ。本当に怪異《かいい》が視《み》えるなら俺《おれ》のことも認識《にんしき》してるはずだろ」

「あ……」

言われてみれば、たしかにそうだ。夜先輩《よるせんぱい》は教室からずっと私《わたし》の隣《となり》にいたのに、猪口《いのぐち》くんはなにも言っていなかった。

ということは、怪異《かいい》が視《み》えるっていうのは嘘《うそ》？

でも、なんのために……？

「とりあえずここから出るぞ」

おもむろに夜先輩《よるせんぱい》が窓《まど》を開けた。教材室は校舎《こうしゃ》の二階にあるのに、先輩《せんぱい》は飛《と》び降《お》りる気満々《まんまん》だ。

「む、無理ですよ！」

「黙《だま》って掴《つか》まっとけ」

「わっ……!!」

先輩《せんぱい》に腰《こし》を引《ひ》き寄《よ》せられて、私《わたし》は目を瞑《つぶ》った。浮遊感《ふゆうかん》があったのは一瞬《いっしゅん》だけで、気づけばあっという間に地面に着地していた。

「さて、これからどうする？」

「猪口《いのぐち》くんを探《さが》します」

「探《さが》して本を返してもらうのか？」

「本を返してもらうのは大前提《だいぜんてい》ですが、猪口《いのぐち》くんがどうなっているか心配です。怪異《かいい》が視《み》えることが嘘《うそ》でも、さっき怪異《かいい》が現《あらわ》れたのは本当かもしれないので」

「本当なわけないだろ。視《み》えないやつがどうやって認識《にんしき》して、おとりになるんだよ」

「視《み》えなくても気配だけは感じられる可《か》能性《のうせい》も……」

「あのな、お人好《ひとよ》しも大概《たいがい》に――」

「なあ、本当にバケモノが出たんだって！」

夜先輩《よるせんぱい》の言葉と重なるように、猪口《いのぐち》くんの声が聞こえた。猪口《いのぐち》くんは正門の近くで同級生のことを呼《よ》び止《と》め、身振《みぶ》り手振《てぶ》りで説明している。

「そのせいで松井《まつい》が教材室に閉《と》じ込《こ》められてるんだ！」

「猪口《いのぐち》、お前いい加減《かげん》にしろよ。前は宇宙人《うちゅうじん》、つい最近も超能力《ちょうのうりょく》があるって言ってたけど、結局全部嘘《うそ》だったじゃん」

周りの人たちは猪口《いのぐち》くんのことを冷めた顔で見ていた。そして「お前のことなんか、もう誰《だれ》も信じねーよ」と呆《あき》れて去っていく後《うし》ろ姿《すがた》を見て、猪口《いのぐち》くんは大きな舌打《したう》ちをした。

「ちっ、つまんねーの！」

それを聞いていた私《わたし》は、彼《かれ》に声をかけた。教材室から脱出《だっしゅつ》した私《わたし》を見て、猪口《いのぐち》くんは明らかに慌《あわ》てている様子だった。心配するような素振《そぶ》りはいっさいない。……信じていたのに、やっぱり猪口《いのぐち》くんはわざと私《わたし》のことを閉《と》じ込《こ》めたんだ。

「なんで、こんなことをするの？」

「なんでって、普通《ふつう》に面白《おもしろ》いから？」

「私《わたし》の本を返して」

「は？　まだ取引が終わってない……」

「今すぐ返して！」

声を荒《あら》らげると、猪口《いのぐち》くんはしぶしぶ怪異《かいい》百科事典を返してくれた。

「……本当につまんね」

猪口《いのぐち》くんはぼそりと捨《す》て台詞《ぜりふ》を吐《は》いて、どこかに行ってしまった。無事に本を取《と》り戻《もど》せたのはよかったけれど、まだ胸《むね》がモヤモヤしている。

「お前が怒《おこ》るなんて珍《めずら》しいな」

「だって……」

「人間には承認欲求《しょうにんよっきゅう》がある。認《みと》めてもらいたい。自分だけを見てほしい。周りの気を引くために大袈裟《おおげさ》に振《ふ》る舞《ま》って、俺《おれ》から見ればあんなわかりやすいやつはいねーと思うけどな」

「そうだとしても、自分のために周りを振《ふ》り回《まわ》すのは良くないことだと思います」

「幽霊《ゆうれい》っていうのは、そういう話をしてると集まってくるって言うだろ。怪異《かいい》もそう。無《む》闇《やみ》に口にしてその存在《そんざい》を弄《もてあそ》ぶようなことをすれば必ず報《むく》いを受ける」

「む、報《むく》いって……」

「危《あぶ》ないぞ、あいつ」

――翌日《よくじつ》。夜先輩《よるせんぱい》の予想どおり、猪口《いのぐち》くんに異変《いへん》が起きた。なんと学校の廊下《ろうか》で石化している姿《すがた》が発見されたのだ。原因究明《げんいんきゅうめい》のため授業《じゅぎょう》はすべて中止になり、生徒たちは一斉下《いっせいげ》校を余儀《よぎ》なくされた。

「せ、先輩《せんぱい》、みんな大騒《おおさわ》ぎになっていてまずいですよ」

「怪異《かいい》を封印《ふういん》したら、騒動《そうどう》のことは忘《わす》れるから心配すんな」

「でも猪口《いのぐち》くんが石に……」

目が合っただけで石にしてしまう怪異《かいい》。あれもデタラメだと思っていたけれど、猪口《いのぐち》くんは本当に石にされてしまった……。

生徒たちが下校したあと、私《わたし》は居残《いのこ》りしていることが先生たちにバレないように、一旦《いったん》部室へと身を寄《よ》せた。校舎《こうしゃ》が静かになったタイミングで怪異《かいい》を探《さが》してみたが、なかなか見つからない。

「学校の中にいるはずなのに、なんでどこにもいないんでしょうか……？」

「うーん、気配は近くに感じるんだけどな」

なんとしても今日中に猪口《いのぐち》くんを元《もと》に戻さないといけないのに……あれ？

私《わたし》は石化した猪口《いのぐち》くんを見て、違和感《いわかん》を覚えた。

たしかさっきは正面を向いていたはずなのに、今は少しだけ左向きになっている。その小さな変化に、夜先輩《よるせんぱい》も気づいたようだ。

「こいつ、本当に猪口《いのぐち》か？」

「え？」

「一発殴《なぐ》って確《たし》かめてみるか」

「ぼ、暴力《ぼうりょく》はダメですって……わっ！」

その時、石化した猪口《いのぐち》くんが動いた。走って逃《に》げようとする彼《かれ》を夜先輩《よるせんぱい》が羽交《はが》い締《じ》めにする。

「やっぱりこいつは猪口《いのぐち》じゃねえ。怪異《かいい》だ！」

石になった猪口《いのぐち》くんが怪異《かいい》？

じゃあ、本当の猪口《いのぐち》くんはどこにいるの？

すると、廊下《ろうか》の壁《かべ》が歪《ゆが》み始《はじ》めて空洞《くうどう》が現《あらわ》れた。中を覗《のぞ》き込《こ》むと、猪口《いのぐち》くんはそこで眠《ねむ》っていた。

「猪口《いのぐち》くん……！」

何度か肩《かた》を揺《ゆ》すると彼《かれ》はすぐに目を覚ましたけれど、私《わたし》を見るなり大声で怒鳴《どな》った。

「なんで俺《おれ》を助けるんだよ！　どうせお前も俺《おれ》のことが嫌《きら》いなくせに！」

「い、猪口《いのぐち》くん、落ち着いて」

「みんな昔からそうだ。俺《おれ》みたいなやつはなにか話題がないと友達にもなってもらえない。気を引くために嘘《うそ》をつくことのなにがいけないんだよ！」

猪口《いのぐち》くんはタガが外れたように訴《うった》えてきた。とても苦しそうな顔をしているのに、まだ怪異《かいい》のアルファベットは出てこない。

誰《だれ》かに認《みと》めてもらいたい。自分だけを見てほしい。それがきっと、彼《かれ》の本心。

「猪口《いのぐち》くん。もう嘘《うそ》はつかないで全部話してほしい」

「俺《おれ》は——」

ずっと相手にしてもらえずに寂《さび》しかったこと。大袈裟《おおげさ》に法螺《ほら》を吹《ふ》けば、その瞬間《しゅんかん》だけは自分を見てもらえること。誰《だれ》かに必要とされたかっただけだったと、猪口《いのぐち》くんは声を詰《つ》まらせながら教えてくれた。どんな言葉をかけたらいいのか迷《まよ》っていると、怪異《かいい》を捕《つか》まえたまま夜先輩《よるせんぱい》が近寄《ちかよ》ってきた。

「猪口《いのぐち》。怪異《かいい》に取《と》り憑《つ》かれてる今なら俺《おれ》のことが視《み》えるだろ」

先輩《せんぱい》は優《やさ》しい口調で、猪口《いのぐち》くんに話しかけた。

「今言ったところでお前は忘《わす》れるだろうけど、人生の先輩《せんぱい》としてひとつだけ教えてやる。人から認《みと》めてもらうんじゃなくて、まずお前が自分のことを認《みと》めてやれ」

「自分のことを……？」

「ああ。嘘《うそ》をついて気を引かなくても、ありのままのお前を見つけてくれる人は必ずいるはずだ」

「……うう、はい、はいっ」

猪口《いのぐち》くんの瞳《ひとみ》から大粒《おおつぶ》の涙《なみだ》があふれると、ようやくアルファベットが出現《しゅつげん》した。

A・A・K・I・S・A・Y・M

石になった猪口《いのぐち》くんに化けていた怪異《かいい》。そして、本当の自分を偽《いつわ》っていた猪口《いのぐち》くん。

嘘《うそ》、偽《いつわ》り、偽物《にせもの》……。

「MAYAKASI。この怪異《かいい》はマヤカシ！」

43番目の怪異《かいい》【マヤカシ】
解説《かいせつ》：人のことを面白《おもしろ》おかしく騙《だま》す

「夜先輩《よるせんぱい》の言葉、すごく素敵《すてき》でした。シメるなんて言っていた人と同一人物とは思えません」

怪異《かいい》を封印《ふういん》したことでみんなの記憶《きおく》から猪口《いのぐち》くんの石化騒動《そうどう》は消えた。猪口《いのぐち》くんもきっと全部を忘《わす》れているだろうけれど、嘘《うそ》をついて周りの気を引くことはしなくなった。

「まあ、俺《おれ》も承認欲求《しょうにんよっきゅう》が強かった時期があったからな」

「え、先輩《せんぱい》が？」

「俺《おれ》の場合は本当のことを言っても誰《だれ》も信じてくれなくて、嘘《うそ》つき呼《よ》ばわりされてたけど」

「それって……いつの話ですか？」

「おーい、松井《まつい》！」

名前を呼《よ》ばれて振《ふ》り向《む》いたら、猪口《いのぐち》くんがいた。本をなかなか返さずパシリにしたことの謝罪《しゃざい》をしにきてくれたらしい。

「マジで悪かった」

「ううん、もういいよ」

「なんか俺《おれ》さ、すげえカッコいい人に会ってめちゃくちゃ刺《さ》さることを言われた気がするんだ。なんでこんなことを思うのかわからないんだけど……」

「え、それって……」

「あ、その顔は疑《うたが》ってるな？　たしかに俺《おれ》は嘘《うそ》ばっかついてたけど、今のは本当のことっていうか、嘘《うそ》じゃないからな！」

「はは、うん。大丈夫《だいじょうぶ》、わかってるよ」

頭の中から記憶《きおく》が消えてしまっても、きっと心が覚えている。猪口《いのぐち》くんが去ったあと、私《わたし》は夜先輩《よるせんぱい》が腰《こし》かけている中庭のベンチに座《すわ》った。

「先輩《せんぱい》、良かったですね。猪口《いのぐち》くんの心にはちゃんと先輩《せんぱい》の言葉が残ってるみたいですよ」

「ぐーぐー、がーがー」

「夜先輩《よるせんぱい》、さすがに嘘寝《うそね》が下手《へた》すぎです」

「うるせーな」

――『俺《おれ》の場合は本当のことを言っても誰《だれ》も信じてくれなくて、嘘《うそ》つき呼《よ》ばわりされてたけど』

私《わたし》はきっと、夜《よる》先輩《せんぱい》のことをまだなにも知らない。

いつか、教えてもらえる日は来るだろうか。

ううん、教えてもいいと思ってもらえるような存在《そんざい》になれたらいいなって思った。

【十三話】

過去《かこ》に戻《もど》る怪異《かいい》

——ガラッ。

ある日の放課後、突然《とつぜん》怪活《かいかつ》倶楽部《くらぶ》の部室の扉《とびら》が開いた。

「松井《まつい》さん、この部屋でなにをしているの？」

部室にやってきたのは、担任《たんにん》の野崎《のざき》先生だった。空き教室に出入りしている生徒がいるという報告《ほうこく》があったそうで、先生が確認《かくにん》しにきたらしい。

「ここでなにをしていたのか、ちゃんと言いなさい」

野崎《のざき》先生から詰《つ》め寄《よ》られた私《わたし》は誤魔化《ごまか》せないと思い、「怪活《かいかつ》倶楽部《くらぶ》という部活動をしてます」と正直に打ち明けた。

「怪活《かいかつ》……倶楽部《くらぶ》？　松井《まつい》さん、ひとりで？」

「えっと、ひとりのような、そうじゃないような……」

私《わたし》はソファに座《すわ》っている夜先輩《よるせんぱい》に視線《しせん》を送った。動揺《どうよう》している私《わたし》とは違《ちが》って、先輩《せんぱい》は表情《ひょうじょう》ひとつ変えずに黙《だま》って私《わたし》たちのやり取りを聞いている。

「新しい部活の立ち上げは、まず教員に相談して顧問《こもん》を確保《かくほ》しないとダメなのよ。正式に部として承認《しょうにん》されないと空き教室であっても勝手に使うことは許《ゆる》されないわ」

「は、はい……」

「とりあえず今日はもう帰りなさい。新しい部活動の立ち上げに必要な書類は後日渡《わた》すわ。色々《いろいろ》と条件《じょうけん》があるから、すぐに部として承認《しょうにん》されるかはわからないけど……。承認《しょうにん》されるまでは、ここには入らないこと。いいわね？」

「…………」

「松井《まつい》さん」

「わかりました……」

野崎《のざき》先生が出ていったあと、私《わたし》は夜先輩《よるせんぱい》に泣きついた。

「こ、これからどうしましょう……？」

「まあ、なんとかなるだろ」

「いつかは注意を受けるだろうとは思ってました。怪活倶楽部《かいかつくらぶ》がなんの部活か聞かれなかっただけよかったですが……」

「聞かなくてもわかってるからな」

「え？」

「いや、こっちの話」

部活動の存続危機《そんぞくきき》だというのに、夜先輩《よるせんぱい》は終始楽観的だった。どうすれば堂々《どうどう》と部活動ができるのか。顧問《こもん》になってくれる先生は見つかるのか。色々《いろいろ》な不安を募《つの》らせていると、先輩《せんぱい》がそっと私《わたし》の頭に手を置いた。

「とりあえずお前はしばらくここには近づかないほうがいい。怪異《かいい》集めも俺《おれ》だけでなんとかする。封印《ふういん》はできなくても、悪さをしないように見張《みは》るくらいならできるしな」

「でも……」

「怪活倶楽部《かいかつくらぶ》は一時活動休止だ」

きっと夜先輩《よるせんぱい》は、私《わたし》がこれ以上責任《せきにん》を感じないで済《す》むようにしてくれている。だけど、怪異《かいい》を封印《ふういん》できるのは怪異《かいい》百科事典を持っている私《わたし》だけ。怪活倶楽部《かいかつくらぶ》が正式な部活だと承認《しょうにん》してもらえれば……って、認《みと》められるわけないじゃん……。

それから部活に行けない日々《ひび》が始まった。怪異《かいい》百科事典は活動休止に伴《ともな》って、夜先輩《よるせんぱい》が預《あず》かってくれている。……なんだか心にぽっかり穴《あな》が空いちゃったみたい。

一日でも早くまた部活を再開《さいかい》したい。悶々《もんもん》とした気持ちを抱《かか》えている中、私《わたし》は野崎《のざき》先生に呼《よ》び出《だ》された。先日話していた書類を渡《わた》してくれるのだろうか。

それとも、やっぱり正式な部として承認《しょうにん》はできないと言われてしまう？

解決案《かいけつあん》を考えながら職員室《しょくいんしつ》に向かっていたら、いつの間にか大きな鏡の前にいた。

……こ、こんな場所に鏡があるなんて知らなかった。

廊下《ろうか》の突《つ》き当《あ》たりにある鏡がなんのためにあるのかはわからない。けれど、鏡に映《うつ》った自分の顔はひどく情《なさ》けない表情《ひょうじょう》をしていた。

もしもこのまま永久《えいきゅう》に部活ができなくなったらどうしようと、鏡に手をついた瞬間《しゅんかん》――。

「え、わっ……!!」

体が前のめりになって、そのまま鏡の中に吸《す》い込《こ》まれてしまった。


「……ここは」

気づくと、私《わたし》は怪活倶楽部《かいかつくらぶ》の部室の前にいた。空き教室なのに、扉《とびら》にはしっかり部活名が書かれたプレートが飾《かざ》られている。夜先輩《よるせんぱい》が付けたんだろうか。だけど、なんとなく校舎《こうしゃ》の雰囲気《ふんいき》がいつもと違《ちが》うような……。

「もしかして、うちの部活に興味《きょうみ》ある？」

「え？」

振《ふ》り向《む》くと、そこには見知らぬ女子生徒がいた。とても美人でスタイルがいい彼女《かのじょ》の学年は三年生らしく、なんと怪活倶楽部《かいかつくらぶ》の部長をしているらしい。

なんだか色々《いろいろ》と状況《じょうきょう》がおかしい。鏡の中に吸《す》い込《こ》まれたはずなのに、なぜか部室の前にいること。自身を部長だと名乗る謎《なぞ》の女子生徒。そして、少しだけ古びている宵中《よいちゅう》の校舎《こうしゃ》。そういえば私《わたし》が学校に入学する前、宵中《よいちゅう》の校舎《こうしゃ》は綺麗《きれい》にするための補修《ほしゅう》工事をしたと聞いたことがある。これはひょっとして……。

「あの、今って西暦《せいれき》何年ですか？」

「今は199Xよ」

ということは……三十年前！

じゃあ、私《わたし》は過去《かこ》に飛ばされちゃったってこと？

「ぼんやりしてるけど大丈夫《だいじょうぶ》？」

「え、は、はい。先輩《せんぱい》は怪活倶楽部《かいかつくらぶ》の部長さんということですよね？」

「ええ、そうよ。あなたの名前を聞いてもいい？」

「希子《きこ》です。今ってその、部活は正式に認《みと》められているんですか？」

「もちろん。私《わたし》が先生に直談判《じかだんぱん》したの。部員は私《わたし》を含《ふく》めて五人いる。本当は七人以上じゃなきゃダメって言われたんだけど、そこは私《わたし》の話術《わじゅつ》でなんとか言いくるめたわ」

背筋《せすじ》が伸《の》びていてカッコいい部長さんは、姉御肌《あねごはだ》ですごく頼《たよ》りになりそうな雰囲気《ふんいき》だ。

私《わたし》のことを入部希望者だと勘違《かんちが》いしている部長さんは、部室へと案内してくれた。中は今とあまり変わらずに、夜先輩《よるせんぱい》の特等席であるソファも置かれている。

「うちの部活は怪異《かいい》を封印《ふういん》する部活なのよ。これが怪異《かいい》を封印《ふういん》するために必要な怪異《かいい》百科事典。この本は私《わたし》しか開いちゃいけないから触《さわ》らないようにしてね」

「じゃあ、部長さんが本の所有者なんですね」

「あら、詳《くわ》しいのね。あ、もしかして希子《きこ》ちゃんも霊感《れいかん》があって、普段《ふだん》から怪異《かいい》が視《み》える人かしら？」

「霊感《れいかん》？」

「最近入部してくれたっていうか、私《わたし》が誘《さそ》って無理やり引き入れた新人くんも霊感《れいかん》が強いの。本の所有者じゃなくても怪異《かいい》が視《み》えちゃうくらいにね」

「じゃあ、他の部員の人も……？」

「他の部員は超常現象《ちょうじょうげんしょう》に興味《きょうみ》があったり、オカルトマニアだったりで、霊感《れいかん》はないけど、みんなとってもいい人ばっかりよ」

ひっそり活動している私《わたし》の時代とは違《ちが》い、三十年前の宵中《よいちゅう》では、怪活倶楽部《かいかつくらぶ》は堂々《どうどう》と活動していて、怪異《かいい》の存在《そんざい》も特に隠《かく》してはいないようだ。体験も兼《か》ねてこれから怪異《かいい》を封印《ふういん》しにいくという部長さんについていくことになった。

連れていかれたのは、私《わたし》が吸《す》い込《こ》まれた大鏡の前。この鏡には過去《かこ》に引《ひ》きずり込《こ》む怪異《かいい》が取《と》り憑《つ》いていて、すでに生徒が何人も行方不明《ゆくえふめい》になっているそうだ。

「さあ、姿《すがた》を見せなさい」

部長さんが語気を強めて言うと、鏡から歯車の形をした怪異《かいい》が現《あらわ》れた。

M・K・I・S・A・O・M・D・O・I

浮《う》かび上《あ》がったアルファベットを見て、部長さんは即座《そくざ》に怪異《かいい》の名前を言い当てた。

「MAKIMODOSI。あなたの名前はマキモドシよ！」

あっという間に怪異《かいい》を封印《ふういん》してしまった部長さんを見て、私《わたし》は呆気《あっけ》に取られる。

す、すごい……。こんなふうに私《わたし》もスマートに怪異《かいい》集めができたら――って、ちょっと待って。私《わたし》をここに連れてきたであろう怪異《かいい》を封印《ふういん》しちゃったら、どうやって三十年後の世界に帰ればいいいんだろう？

え、まさかこのままってことはないよね？

「あ、ちょっとどこに行くのよ！」

すると、部長さんがいきなり走り出した。捕《つか》まえていたのは、黒髪《くろかみ》の男子生徒。後《うし》ろ姿《すがた》で顔は見えないけれど、彼《かれ》も怪活倶楽部《かいかつくらぶ》の部員なのだろうか。

「部室はそっちじゃないでしょ？」

「俺《おれ》、部活に入るなんて一言も言ってねーし」

「なに言ってるのよ。甘《あま》いもので手を打ったじゃない」

「腹《はら》に入ったものはすぐ忘《わす》れる主義《しゅぎ》なんで」

部長さんと男子生徒がなにやら揉《も》めている。待ちぼうけを食らっている私《わたし》に気づいた部

長さんが、大きく手を振《ふ》った。

「希子《きこ》ちゃーん。彼《かれ》がさっき話していた新人くんよ。名前は――」

その時、突然《とつぜん》視界《しかい》が歪《ゆが》み始《はじ》めてブラックアウトした。


「おい……おい、松井《まつい》！」

鏡の前で気を失っていた私《わたし》のことを揺《ゆ》り起《お》こしてくれたのは、夜先輩《よるせんぱい》だった。先輩《せんぱい》がいるってことは、ここは元の世界の宵中《よいちゅう》だ。

「こいつの仕業《しわざ》だな」

夜先輩《よるせんぱい》が大鏡を睨《にら》む。そこには過去《かこ》と同じように歯車の怪異《かいい》がいた。

「先輩《せんぱい》。私《わたし》、この怪異《かいい》の名前を知っています」

ゆっくり体を起こした私《わたし》は、夜先輩《よるせんぱい》の手から怪異《かいい》百科事典を受け取り、部長さんと同じ名前を口にした。

55番目の怪異《かいい》【マキモドシ】

解説《かいせつ》：時間を過去《かこ》に戻《もど》す

久《ひさ》しぶりに本を手にして、改めてその重みを感じた。巡《めぐ》り巡《めぐ》って私《わたし》は、この本の所有者になった。怪異《かいい》百科事典にも怪活倶楽部《かいかつくらぶ》にも長い歴史《れきし》がある。私《わたし》はそれを途絶《とだ》えさせたくない。

「夜先輩《よるせんぱい》、私《わたし》は部活を守りたいです。だから、ちゃんと野崎《のざき》先生に自分の気持ちを話してきます！」

早速職員室《さっそくしょくいんしつ》に向かった私《わたし》は、怪活倶楽部《かいかつくらぶ》を正式な部として認《みと》めてほしいと、先生にお願いをした。反対されても粘《ねば》るつもりでいたけれど、野崎《のざき》先生はなぜか嬉《うれ》しそうに笑った。

「真剣《しんけん》に話してくれているのに、笑ってしまってごめんなさい。なにがなんでも部として認《みと》めさせたいっていう姿勢《しせい》が昔の私《わたし》とそっくりだったから、つい」

「昔の先生ですか？」

「実は三十年前、私《わたし》が怪活倶楽部《かいかつくらぶ》を立ち上げて、部長を務《つと》めていたのよ」

「ええっ⁉」

あの部長さんが野崎《のざき》先生だったたってこと？

でも怪異《かいい》によってもたらされた現象《げんしょう》は元に戻《もど》るから、マキモドシで過去《かこ》に飛んだ私《わたし》のことはなにもなかったことになっているみたいだ。

「松井《まつい》さんもわかっていると思うけど、怪異《かいい》は目に見えないものだから信じてもらえない。あの頃《ころ》の宵中《よいちゅう》はおおらかで、部活動の立ち上げも比較的簡単《ひかくてきかんたん》だったけど、今は難《むずか》しくなってる。だから怪活倶楽部《かいかつくらぶ》を公式な部活として扱《あつか》うのは正直厳《きび》しいと思うわ」

「はい……」

「でも超常現象部《ちょうじょうげんしょう》だったら認知《にんち》されている学校も多くある。だから表向きは超常現象部《ちょうじょうげんしょう》として活動するのはどうかしら？　顧問《こもん》は私《わたし》が務《つと》めるわ」

「本当ですか……⁉」

表は超常現象部《ちょうじょうげんしょう》。だけど裏《うら》は怪活倶楽部《かいかつくらぶ》。部活動を認知《にんち》してもらえれば、もっと堂々《どうどう》と怪異《かいい》集めができるかもしれない！

「野崎《のざき》先生、ありがとうございます。ところで先生は三十年前、１００体の怪異《かいい》を封印《ふういん》して百科事典を完成させたんですよね？」

「……いいえ、私《わたし》は完成させてないわ。実は途中《とちゅう》で部活を辞《や》めてしまったの。その後悔《こうかい》もあるから、できる限《かぎ》り松井《まつい》さんの力になれるように最善《さいぜん》を尽《つ》くすわ」

じゃあ、三十年前に怪異《かいい》百科事典を完成させたのは一体誰《だれ》なんだろうか。先生が言っていた他の部員？　それとも霊感《れいかん》があるという新人くん？

「あの、先生。最後に話していた男の子の名前って……」

「え？」

「あ、いえ、なんでもないです！」

私《わたし》が過去《かこ》に戻《もど》ったことを先生は覚えていないし、今さら名前を聞いても新人くんは大人《おとな》になっている。変なことを言って、混乱《こんらん》させたくない。

「顧問《こもん》、全然来ねーじゃん」

――それから数日後。怪活倶楽部《かいかつくらぶ》の部室に行けるようになった私《わたし》は、今日も夜先輩《よるせんぱい》と一緒《いっしょ》にいた。

「野崎《のざき》先生はテニス部の顧問《こもん》でもあるんですよ。宵中《よいちゅう》のテニス部って全国大会常連《じょうれん》で、すっごく強いらしいんですよね」

「つまりテニス部の指導《しどう》で忙《いそが》しいから、こっちは名ばかりの顧問《こもん》ってわけか」

「野崎《のざき》先生のおかげで一応《いちおう》認《みと》められた部活になったわけですから、文句《もんく》言わないでくださいよ」

いつもどおり減《へ》らず口《ぐち》を叩《たた》く夜先輩《よるせんぱい》だけど、野崎《のざき》先生が顧問《こもん》をやってくれると伝えた時、少しだけ嬉《うれ》しそうだった。もしかして元祖怪活倶楽部《がんそかいかつくらぶ》の部長をしていたことを知っていたんじゃないかって聞いてみても、先輩《せんぱい》は「さあね」とはぐらかすだけ。

「野崎《のざき》先生は途中《とちゅう》で怪異《かいい》百科事典の所有権《しょゆうけん》を放棄《ほうき》したってことですよね。つまり、次の所有者に夜先輩《よるせんぱい》は封印《ふういん》されたんですか？」

「昔のことは忘《わす》れる主義《しゅぎ》なんで」

「もう新人くんみたいなことを言わないでくださいよ！」

「新人くんって誰《だれ》だよ？」

「先輩《せんぱい》が教えてくれたら私《わたし》も教えます」

「お喋《しゃべ》りが止まらない怪異《かいい》にでも取《と》り憑《つ》かれてんのか」

「口が悪い怪異《かいい》に取《と》り憑《つ》かれている先輩《せんぱい》には言われたくないです」

これからどうなっていくかはわからない。

だけど、怪活倶楽部《かいかつくらぶ》は今日も明日も続いていく。

「さあ、怪異《かいい》を封印《ふういん》しにいきましょう！　怪異《かいい》百科事典の完成までまだ先は長いですよ！」

「ずいぶん張《は》り切《き》ってるな」

「当たり前ですよ。なんたって私《わたし》は怪活倶楽部《かいかつくらぶ》の副部長ですから！」

エピローグ

お疲《つか》れ様《さま》でございます！

現在《げんざい》、本に封印《ふういん》された怪異《かいい》は13体。

怪異《かいい》百科事典の完成まで残り87体になりました。

え？　途方《とほう》もない作業？

いつ終わるかわからないって？

ふふ、ご安心くださいませ。

怪異《かいい》の種類は千差万別《せんさばんべつ》。

つがいの怪異《かいい》もいるというウワサですから、うまくすればほいほいと封印《ふういん》できるかもしれません。

ですが、それは所有者の実力次第《しだい》。

純粋無垢《じゅんすいむく》な少女と、謎《なぞ》だらけの少年がどこまでやれるのか大変見物《みもの》ですね。

さてさて、もっと話していたいのですが、どうやら時間のようです。

また次回会えるか会えないかは、わたくしにもわかりません。

ですが、人間とは昔も今も刺激的《しげきてき》なことがお好きな生き物。

あなたが奇々怪々《ききかいかい》な出来事を望むのなら、怪異《かいい》百科事典はきっとまた開くでしょう。

● 著

永良サチ（ながら・さち）

2016年『キミがいなくなるその日まで』（スターツ出版）で作家デビュー。著書に、『100 日間、あふれるほどの「好き」を教えてくれたきみへ』『365 日間、あふれるほどの「好き」を教えてくれたのはきみだった』、「となりの一条三兄弟！」シリーズ、「放課後★七不思議！」シリーズ（以上、スターツ出版）、『ぱいぱい、片想い』（PHP 研究所）などがある。短編小説『黒猫ラブレター』が【第 1 回　ラストで君は「まさか！」と言う文学賞】で大賞を受賞し、『ラストで君は「まさか！」と言う 溺れるほどの涙』（PHP 研究所）に受賞作を含む 5 作が収録されている。

● イラスト

しらまめ

イラストレーター。和服を着た男性や妖（あやかし）のイラストを得意としている。妖しく美しい、唯一無二の世界観描写に定評がある。2024 年には初の個展を東京・原宿で開催するなど、精力的に活動の幅を広げている。

装丁・本文デザイン　根本綾子（Karon）
DTP・校正　オフィスWA
プロデュース　小野くるみ（PHP研究所）

5分間ノンストップショートストーリー
怪《かい》活《かつ》倶《く》楽《ら》部《ぶ》

2024年9月2日　第1版第1刷発行

著　者　永良サチ
発行者　永田貴之
発行所　株式会社ＰＨＰ研究所
東京本部　〒135-8137　江東区豊洲5-6-52
児童書出版部　TEL 03-3520-9635（編集）
普及部　TEL 03-3520-9630（販売）
京都本部　〒601-8411　京都市南区西九条北ノ内町11
PHP INTERFACE https://www.php.co.jp/
印刷所　株式会社精興社
製本所　東京美術紙工協業組合

ISBN978-4-569-88184-3

NDC913　205P　20cm